Fabelhafte Geschichten unter dem Sternenzelt

Wörter verwandeln sich in Geschichten

Sabine Brückner-Zahneisen

Fabelhafte Geschichten unter dem Sternenzelt

Wörter verwandeln sich in Geschichten

Erstauflage: 2022

Bilder: Aquarelle/Zeichnungen von Sabine Brückner-Zahneisen

Reproduktion der Bilder: Helmut Ölschlegel

Druck: Mediengruppe Oberfranken

Layout: www.agentur-mplus.de

Sponsoren: Mediengruppe Oberfranken, Rotary Club Bamberg,

Bürgerverein e.V. Stegaurach

Einleitung

Kinder zu haben ist etwas Wunderbares. Jedes Kind ist etwas Besonderes und alle haben ihre Eigen- und Leidenschaften. Was alle mögen, sind Geschichten. Geschichten zum Vorlesen, zum Einschlafen, zwischendrin, zum selbst Lesen oder Erfinden.

Dieses Buch ist den Kindern und Jugendlichen gewidmet, die nicht auf der Sonnenseite des Lebens stehen, weil sie an einer unheilbaren Krankheit leiden, aber auch ihren Eltern. In Bamberg entsteht ein Kinder- und Jugendhospiz mit dem Namen „Sternenzelt“. Ziel dieser Einrichtung ist es, die Familien zu entlasten, sie in schwierigen Situationen zu begleiten, die Linderung von Beschwerden und die Verbesserung der Lebensqualität, sowie der Austausch von Betroffenen in ähnlichen Situationen. Im Kinder- und Jugendhospiz Sternenzelt Bamberg stehen 12 stationäre Plätze und 4 Plätze im Tageshospiz zur Verfügung. Die mitreisenden Familien sind in 12 Wohneinheiten im Gästebereich des Hospizes untergebracht. Für die bestmögliche Betreuung und Pflege der Kinder und Jugendlichen stehen spezielle Therapieräume zur Verfügung. Leider gibt es keine Vollfinanzierung für diese und ähnliche Einrichtungen, deshalb ist auch das Sternenzelt auf Spenden angewiesen.

Danksagung

Die Kinder in diesem Buch haben zu ihren Vornamen Begriffe aufgeschrieben, die dann in eine Geschichte verwandelt wurden. Die größeren Kinder konnten das alleine, die kleineren erhielten Unterstützung von Oma und Opa oder den Eltern. Jede Geschichte enthält rote Buchstaben, an Hand dieser können die Kinder ihre Namen finden. Die Auflösung gibt es am Schluss des Buches. Insgesamt sind 27 Geschichten entstanden.

Ich möchte mich bei allen Kindern, den Großeltern und Eltern bedanken, die mir geholfen haben, dieses Buch zu schreiben. Ganz besonderer Dank gilt meinem Mann, der mich ermutigt und an mich geglaubt hat. Danke auch an Evelyn Selegrad aus dem Team für psychosoziale Onkologie im Parksanatorium Aulendorf. Sie hat dort die Schreibwerkstatt geleitet, an der ich teilnahm, und hat mich inspiriert und motiviert. Ludmilla Schenker, eine sehr gute Freundin, und Sophia Klopf, meine Arbeitskollegin aus der Sozialstiftung Bamberg, haben alle Geschichten gelesen und korrigiert. Das war viel Arbeit und deshalb ein ganz großes Dankeschön. Helmut Ölschlegel, auch ein guter Freund, hat die gemalten Bilder noch einmal professionell fotografiert.

Danke auch an alle Sponsoren, die es möglich gemacht haben, dass dieses Buch gesetzt und gedruckt wurde und deshalb der gesamte Spendenerlös der Erstausgabe dem Kinder- und Jugendhospiz Sternenzelt in Bamberg zu Gute kommt.

Das Buchprojekt wurde von folgenden Förderern unterstützt: Mediengruppe Oberfranken, Rotary Club Bamberg, Bürgerverein e.V. Stegaurach.

Inhalt

Geschichten für einen Riesen

Es waren einmal ganz viele, unterschiedliche Kinder aus verschiedenen Regionen unterwegs, um eine Mutprobe zu bestehen. Ihre Aufgabe bestand darin, für 30 Tage und Nächte in der Wildnis zu leben, unter dem Sternenzelt zu schlafen, immer zusammen zu bleiben und trotzdem von Ort zu Ort zu ziehen. Sie waren unterschiedlich alt. Die Großen mussten auf die Kleinen achtgeben und diese beschützen. Sie zogen durch den Frankenwald, lebten in Höhlen, tranken Wasser aus Bächen und ernährten sich von Beeren, Pilzen und Brot, das sie von zu Hause mitgebracht hatten. Zu dieser Zeit lebten viele wilde Tiere und auch ein Riese im Wald. Sie mussten also sehr vorsichtig sein. Bereits am dritten Tag gerieten sie in eine Falle, die der Riese aufgestellt hatte. Die Falle war sehr gut getarnt. Es sah aus wie ein Waldweg mit Blättern übersät, darunter war aber eine Grube mit einem Netz darin. Die Kinder hatten sich angeseilt, um sich nicht zu verlieren, was sich aber als schlimmer Fehler herausstellten sollte. Als das älteste Kind auf die Grube trat, riss es alle anderen Kinder mit und das Netz zog sich zusammen. Es gab kein Entkommen. Die Seile des Netzes waren so dick, dass die Kinder diese nicht mit den mitgebrachten Messern durchtrennen konnten. Sie zappelten wie Fische im Netz, die Kleinen weinten und die Großen schimpften. Das wiederum hörte der Riese. Er kam mit schweren Schritten langsam auf die Falle zu und schaute, welche Beute ihm ins Netz gegangen war. Sein Staunen war nicht schlecht, als er die Kinder darin fand. Eigentlich hatte er mit einem Bären oder Fuchs gerechnet, solche Wesen hingegen hatte er noch nie gesehen. Er packte das Netz, warf es auf seinen Rücken und trug die Beute in seine Höhle. Den Kindern war es mulmig zumute und sie wussten nicht so recht, wie man sich gegenüber so einem Riesen verhalten sollte. Sie beschlossen, erst einmal ganz still zu sein. Der Riese war ungefähr fünf Meter groß, hatte einen Bart, strubblige Haare, Ohren wie ein Elefant und Hände so groß wie ein Klodeckel. Seine Augen waren freundlich und er lächelte, während er die Kinder in einen Käfig in seiner Höhle sperrte. Die Höhle war nicht ungemütlich, es brannte ein Feuer, es gab einen Tisch, einen Stuhl, ein Bett und eine Art Kleiderschrank, in dem verschiedene Felle hingen. Eines davon steckte er in den Käfig zu den Kindern. Die Kinder hatten sich in das letzte Eck des Käfigs gedrückt. Sie waren eng aneinander gedrängt und warteten ängstlich darauf, was passieren würde. Bisher hatte der Riese noch kein Wort gesprochen und sie waren sich auch nicht sicher, ob er überhaupt sprechen konnte. Das sollten sie aber bald herausfinden. Es wurde bereits dunkel und der Riese hatte schon vor einiger Zeit die Höhle verlassen. Die Kinder überlegten, wie sie hier herauskommen konnten, aber dies gestaltete sich sehr schwierig. Erst nach vielen Tagen konnten sie gesund und munter die Höhle verlassen. Was war in dieser Zeit passiert? Der Riese war nicht gerne allein und fürchtete sich im Dunkeln, deshalb sang er immer vor dem Einschlafen oder erzählte sich Geschichten. Leider wollte ihm manchmal gar nichts einfallen und so hatte er viele schlaflose Nächte. Die Kinder kannten ganz viele Geschichten, die sie von ihren Großeltern und Eltern erzählt bekamen und schlugen dem Riesen einen Handel vor. Jedes Kind würde ihm eine Geschichte erzählen, wenn er sie dann freilassen würde. Das gefiel dem Riesen und so beschloss er, dass es noch am selben Abend so sein sollte.

Der Älteste begann und die anderen Kinder folgten darauf. Der Riese schlief nach der Geschichte wie ein Bär und war jeden Tag besser gelaunt und freute sich schon auf die nächste Geschichte. Vor der letzten Geschichte erinnerten ihn die Kinder an sein Versprechen. Tatsächlich hielt der Riese sein Wort. Die Kinder schrieben ihm alle Geschichten auf, damit er sie immer wieder lesen und weiter gut schlafen konnte. Er dafür begleitete die Kinder nach Hause und schützte sie vor den wilden Tieren. Das Geschichtenbuch hielt er in Ehren und las ganz oft darin.

Wenn man die nachfolgenden Geschichten aufmerksam liest, dann weiß man auch, wer welche Geschichte erzählt hat.

Die Geschichte von Organistan

Alles begann mit dem Untergang der Titanic. Die RMS Titanic war ein Passagierschiff der britischen Reederei White Star Line. Sie war das größte Schiff zu dieser Zeit und galt als unsinkbar. Auf ihrer ersten Fahrt kollidierte die Titanic am 14. April 1912 gegen 23:40 Uhr etwa 300 Seemeilen südöstlich von Neufundland seitlich mit einem Eisberg und sank zwei Stunden und 40 Minuten später. Obwohl für die Evakuierung mehr als zwei Stunden Zeit zur Verfügung standen, kamen 1514 der über 2200 an Bord befindlichen Personen ums Leben – hauptsächlich wegen der unzureichenden Zahl an Rettungsbooten und der Unerfahrenheit der Besatzung im Umgang mit diesen. Das Schiff schlug in 3.821 Meter Tiefe mit einer Geschwindigkeit zwischen 50 und 80 km/h auf dem Meeresgrund auf. Wegen der hohen Opferzahl zählt der Untergang der Titanic zu den größten und berühmtesten Katastrophen der Seefahrt. Das Schiffswrack lag jahrzehntelang am Meeresgrund. Erst 1985 gelang es, mit einem Spezial-U-Boot zu dem Wrack zu tauchen.

In der Zwischenzeit ereignete sich etwas, von dem bis heute keiner eine Ahnung hat. Durch den großen Aufprall des Schiffes wurde am Meeresgrund ein Loch in die Gesteinsplatten gerissen. Das Schiff deckte dieses Loch komplett ab, sodass es nicht entdeckt werden konnte. Es war der Eingang zu einer anderen Welt, die auf keinem Globus verzeichnet war. Nur wenigen ist es gestattet, die Länder der anderen Welt durch den Eingang unter dem Wrack zu betreten. Tatsächlich ist es nur ihnen vorbehalten, den Eingang zu sehen und zu nutzen. Bewacht wird er durch einen Riesenhai. Er ist ca. 10 Meter lang, höchst gefährlich und gefräßig. Selbst die anderen Meeresbewohner haben großen Respekt und auch ein wenig Angst vor ihm. Nur der Rochen ist völlig unerschrocken und hat sich tatsächlich mit dem Ungetüm angefreundet. Sie teilen sich die Wachzeiten und berichten über die Besucher und sonstigen Ereignisse.

Der Otter, ein regelmäßiger Besucher, kommt mindestens ein- bis zweimal die Woche an den Eingang, um nach Organistan zu reisen. Organistan ist ein Land auf der anderen Seite. Dort sprechen die Bewohner Organisch. Für uns ist das ungefähr so, wie wenn wir alles rückwärts sprechen würden: „Eiw theg se rid? Frad hci nesiernie?“ heißt „Wie geht es dir? Darf ich einreisen?“ Es ist ziemlich anstrengend und so musste der Otter einen Spezialkurs für Organisch belegen, bevor er die Reiseerlaubnis bekam. Das hat er jedoch gerne auf sich genommen, da das Land auf der anderen Seite wirklich besonders ist. Um Einlass zu finden, muss man drei Voraussetzungen erfüllen, erstens muss man Meeresbewohner oder etwas Besonderes sein, zweitens Organisch sprechen und drittens viel Fantasie haben.

Das Loch bzw. der Eingang auf der anderen Seite wird von einem sehr netten Seeungeheuer namens Nessi bewacht. Es lässt nur diejenigen ein, die diese drei Voraussetzungen erfüllen. Alle anderen würden verschlungen, was bisher noch nicht vorgekommen ist. Insgesamt haben alle Bewohner von Organistan besondere Eigenschaften oder Vorlieben. Alle, die dort wohnen, sind Vegetarier, sie achten die anderen Tiere und die Pflanzen. Sie haben besonders viel Fantasie und erzählen gerne Geschichten. Der Nasenaffe wohnt an Land in einem kleinen Waldstück und hält sich nicht mit den langen Armen an den Ästen fest, sondern mit seiner extrem langen Nase. Das sieht sehr lustig aus und bringt die Anderen oft zum Lachen. Er baut für sich selbst und auch für Freunde Bambus, Bananen, Gemüse und vieles mehr an, um sich davon zu ernähren. Jeder darf sich bedienen. Selbst der Otter und der Bär, die sich eigentlich von Fisch ernähren, haben sich erfolgreich umgestellt. Sie lieben es, am Strand an einem Lagerfeuer zu sitzen und Stockbrot sowie Marshmallows zu essen. Es wimmelt nur so von Tieren, die in keinem Tieratlas verzeichnet sind: Schildpferde, Knopfgazellen, Hundeküken, Vogelkröten und noch viele mehr. Sie können sich ungestört vermehren, da es keine Feinde und ganz viel Platz gibt. Das Land ist bunt und kein Mensch hat es bisher betreten. Es würde sehr viel Fantasie brauchen, um sich dorthin zu wünschen.

Wir sollten niemanden von diesem Spezialeingang und der anderen Welt erzählen, damit sie weiterhin ungestört existieren kann und nicht von Menschenhand zerstört wird.

Eine ganz andere Welt

Es war einmal ein Bauernhof. Dort gab es ganz normale Dinge und ganz außergewöhnliche Sachen. Fangen wir erst einmal mit den normalen Dingen an: Es gab einen **H**und, einen Hasen und einen **E**sel. Alle lebten schon lange dort und waren gute Freunde geworden. Jeder hatte eine besondere Gabe und Vorliebe. Der Hund zum Beispiel hatte eine sehr gute Spürnase und konnte auf ganz große Distanz alles Essbare erschnüffeln. Seine große Vorliebe waren **N**udeln. Ja, kaum zu glauben, ein Hund der Nudeln liebt! So wusste er auch, wenn im Nachbardorf jemand Nudeln kochte und bekam davon immer etwas ab.

Der Hase dagegen war, was das Essen anbelangte, ganz traditionell: Karotten, Gras und Wasser. Seine Vorliebe war dafür etwas sonderbar. Er war ganz vernarrt ins Fahrradfahren. Er hatte zwei Fahrräder und fuhr den lieben langen Tag bergauf und bergab, bis er am Abend todmüde in seinen Hasenstall fiel.

Der dritte im Bunde war der Esel. Grau, mit langen Ohren, schönem weichen Fell und wachen, freundlichen Augen. Seine Vorliebe war der Zirkus. Er wollte schon immer mal mit einem Elefanten und einem **N**ilpferd zusammen eine Nummer machen. Eine Nummer machen heißt, mit ihnen zusammen etwas einzustudieren und vor Publikum aufzutreten. Dabei würde er auf den Rücken des Nilpferdes klettern und über den Rüssel des Elefanten springen. Der Elefant würde dann mit seinem Rüssel eine Null malen und noch andere Zahlen, die das Nilpferd mit verbundenen Augen erraten müsste. Das wäre ein Spaß und sie würden alle tosenden Applaus erhalten und ganz tolles Fressen.

So lebten die drei jeden Tag in ihren Träumen: Nudeln, Fahrradfahren und im Zirkus auftreten. Ein paar außergewöhnliche Dinge sind schon erwähnt worden. Aber es gab noch mehr. Normalerweise leben auf einem Bauernhof auch noch eine Bäuerin und ein Bauer. Auf diesem Hof aber nicht. Es stand auch kein Bauernhaus auf dem Gelände, sondern ein großes Ding, das wie ein Iglu aussah. Ein Iglu ist doch aus Eis und dort wohnen eigentlich Eskimos, oder? Dieses Iglu war aus Lehm gebaut und dort lebte ein **I**ndianer. Er trug Ledersachen und schmückte sich den Kopf mit Federn, tanzte um sein Feuer und kümmerte sich um die Tiere. Im Inneren des Iglus hatte sich der Indianer ein richtiges Nest gebaut. Wie ein Vogel. Er war ein wenig sonderbar und seine Begabung lag darin, dass er die Tiere verstehen konnte. So trafen sich alle jeden Tag und erzählten sich, was sie erlebt und geträumt hatten. Es war ein tolles Leben.

Bis eines Tages ein kleiner Junge plötzlich und unerwartet auf dem Bauernhof auftauchte. Er konnte nur ein einziges Wort sprechen und das war **N**EIN. Der Indianer und die Tiere waren sehr verwirrt und versuchten alles Mögliche, um dem Jungen auch andere Wörter beizubringen. Es war sehr schwierig. Aber auch er hatte eine Vorliebe. Er liebte alles, was gelb war, und so bemühten sich die Tiere, ihm alles zu bringen, was gelb war: Sonnenblumen, Eigelb, eine gelbe Gabel, ein gelbes T-Shirt und noch viele andere gelbe Sachen. Das freute den kleinen Jungen sehr und sein zweites Wort war gelb. Und so lernte er jeden Tag ein neues Wort und natürlich auch die Tiersprache. Es vergingen viele Jahre und sie waren alle eine Familie und aßen Nudeln, fuhren Fahrrad, spielten Zirkus und tanzten um das Feuer.

Und wenn sie nicht gestorben sind, dann leben sie noch heute.

Das O fehlt

Stellt euch mal die folgende Geschichte vor!
Olek, ein amerikanischer Junge aus Kalifornien, mit lockigem Haar, lustigen Augen und einem verschmitzten Lächeln, hatte sonderbare Eigenschaften. Sobald er einen Raum betrat, betrat auch die Unordnung diesen. Sie war sozusagen seine ständige Begleiterin. Nicht nur, dass die Unordnung plötzlich da war, nein, sie vergrößerte sich auch noch rasant. Er konnte machen, was er wollte, es war einfach so. So ein Phänomen nennen sehr schlaue Leute auch Entropievergrößerer.

Das war aber noch nicht alles. Er war auch noch Eiswürfelesser und konnte keine O-Worte sprechen. Das O fehlte in seinem Sprachgebrauch. Es wollte einfach nicht aus ihm herauskommen. Er konnte zum Beispiel nicht Opa, Ofen, Olek, Oktober, Ohio oder Oberbefehlshaber sagen. So wurde aus dem Satz *„Im Oktober ging Olek mit Opa nach Ohio um einen Ofen zu kaufen“,* folgendes: *„Im ktober ging lek mit pa nach hio um einen fen zu kaufen.“* Wer konnte das wohl verstehen?

Neben seinen Eltern und seinen Brüdern gab es einen Freund, der ihn verstehen konnte. Ein ehemaliger Lokführer, der in einer ausrangierten Lokomotive wohnte. Dort war immer Chaos und Unordnung, da fiel Olek mit seiner ständigen Begleiterin gar nicht auf. Und aus der Lokomotive wurde einfach die *tive*. In dieser gab es einen Eiswürfelbereiter, der den ganzen Tag und das ganze Jahr über Eiswürfel herstellte. Olek bediente sich, wann immer er wollte. Er und sein Freund lasen viel, hörten Musik und redeten nur das Nötigste.

Das ging eine Weile ganz gut so, aber dann passierte etwas Sonderbares. Hundegebell, Trillerpfeifen, Schritte und die Worte: „Stehen bleiben, sonst schießen wir!“ drangen von draußen in den Innenraum. Plötzlich ein Klopfen und Wimmern: „Oje, oje. Ogott, ogott. Offnen, offnen.“ Olek rannte zur Tür und öffnete. Ein Mädchen, dreckverschmiert und zitternd vor Angst, stand vor der Lokomotiventür. Sie schob Olek zur Seite, ohne etwas zu sagen, und verschwand im Inneren. Die Unordnung bzw. das Chaos bot genügend Möglichkeiten, sich zu verstecken. Der Polizei, die wenige Minuten später nach einer flüchtigen Person fragte, sagten sie, dass sie niemanden gesehen hätten. Danach suchten die beiden Freunde nach dem Mädchen.

Sie fanden sie hinter einer alten Stehlampe, die aussah wie ein brennendes Zelt. „Wer bist du?“, fragten sie fast gleichzeitig. „Olga“, sagte sie und sonst nichts. „Wie blöd, ihr Name muss ausgerechnet mit einem O beginnen“, dachte Olek und sagte nichts. „Was ist passiert?“, fragte Oleks Freund. „Oberfall oben Oma“, sagte sie. Es klang sehr verwirrend. Doch nach einiger Zeit stellten sie fest, dass dieses sonderbare Mädchen nur O-Worte sprechen konnte. Bei ihrer Oma hatte es einen Überfall gegeben und die Polizei dachte, dass sie es gewesen sei. Die Polizei verstand Olga nicht und fühlte sich an der Nase herumgeführt, deshalb wollten sie sie mitnehmen. Da war Olga abgehauen. Es war eine total verrückte Geschichte und Olek hörte schweigend zu.

Er wünschte sich nichts sehnlicher, als sie mit ihrem Namen anzusprechen und ihr seinen zu sagen, aber das würde sich total blöd anhören. „Hall lga ich bin lek.“ Aber hatte sie nicht das gleiche Problem wie er? Ja, er konnte kein O sprechen und sie konnte nur alles mit O sprechen.

Es wäre doch super, wenn sie ihm das O geben könnte. Kaum gedacht, schlang das Mädchen ihre Arme um Olek, um sich zu bedanken, dass er sie nicht verraten hatte. Ein warmes Gefühl breitete sich in Olek aus und ihm wurde für einen Moment ganz schwindlig. Olga trat zurück und sagte: „Vielen Dank, Olek." Er war sehr erstaunt über ihre Worte, die ganz korrekt aus ihrem Mund kamen. Olek nahm allen Mut zusammen und antwortete: „Gern geschehen, Olga." Was war das denn? Es war alles richtig. Olek konnte es nicht fassen. Die Umarmung hatte das O zu ihm gebracht und Olga vom O befreit.

Was für eine Geschichte. Entweder ihr glaubt sie oder auch nicht.

Agni das Affenmädchen

Ein kleines Äffchen mit dem Namen Agni lebte in einem undurchdringlichen riesigen Dschungel. Er bestand aus großen Bäumen, Lianen, ganz sonderbaren Pflanzen, Wassertümpeln, Bächen, Felsen und Wiesen. Auf den ersten Blick so, wie man sich einen richtigen Dschungel vorstellt. Dennoch war etwas ganz anders: Es waren keine anderen Tiere zu sehen. Keine Affenbande weit und breit. Keine Schlange, kein **A**lligator, kein **N**ashorn, keine Libellen, keine Vögel und was sich sonst noch so in einem Dschungel herumtreibt.

Wo waren die alle? Agni hatte keine Ahnung, wie sie dort hingeraten war und wo alle anderen Tiere waren.

Sie war traurig und fühlte sich unendlich allein. Mit der Zeit wurde sie immer größer und wuchs zu einem schönen Affenmädchen heran. Sie war intelligent, schlau und gesund. So schaffte sie es auch, zu überleben. Agni hatte sich ein schönes und nobles Lager eingerichtet, Bäume mit saftigen Früchten gefunden und Wasserquellen zum Trinken und Baden. Es war alles da und dennoch war sie sehr unglücklich. Ihr größter Wunsch war, ein anderes Tier zu finden, reden zu können, verstanden zu werden, alles teilen zu können und miteinander zu leben. Zusammengefasst: Sie sehnte sich nach einem Freund. Immer wieder durchstreifte sie den Dschungel und suchte nach einem anderen Lebewesen. Als sie schon fast aufgegeben und das ganze Gebiet abgesucht hatte, entdeckte sie einen Haufen mit Laub, aus dem ziemlich komische Geräusche kamen. Geräusche war sie gewohnt von den Bäumen und Blättern, von dem Rauschen der Bäche und vom Herunterfallen der Früchte. Aber so etwas hatte sie noch nie gehört. Deshalb wusste sie auch nicht, dass das Grunzen und Schmatzen zu einem Tier gehörte. Sie blieb wie angewurzelt vor dem Haufen stehen und schob mit ihren Händen die Blätter zur Seite. Plötzlich fühlte sie sich wie von tausenden von Nadeln gestochen. Als sie nach dem ersten Schock wieder denken konnte, untersuchte sie das merkwürdige Ding. Es sah aus wie eine Kugel mit hunderten von Stacheln dran. Es bewegte sich nicht und gab keinen Laut mehr von sich. Jetzt hieß es abwarten und beobachten. Das konnte sie sehr gut, sie hatte es über Jahre hinweg geübt. Nach einer Weile rührte sich die komische Kugel und brabbelte irgendwas vor sich hin: „Was soll denn das? Wer wagt es, mich bei meinem Mittagessen zu stören?" Agni traute ihren Ohren nicht und war plötzlich sonderbar aufgeregt. Sie nahm sich einen Stock, um sich vor den Stacheln zu schützen und stupste das Ding. Wieder und noch lauter als beim ersten Mal kamen unverschämte Laute aus der nun wieder eingerollten Kugel. „Du grässlicher, behaarter, aufdringlicher Riese! Was willst du von mir?" Agni fragte zurück: „Kannst du mich verstehen?" „Na klar", sagte die stachlige Kugel. Es war wie ein Wunder und sie war außer sich vor Freude. Dann erzählte sie aus ihrem Leben. Wie einsam sie sich fühle und wie lange sie schon nach einem Lebewesen gesucht habe. Sie redeten und redeten und merkten gar nicht, wie die Zeit verging. Als es schon zu dämmern begann, fiel Agni auf, dass sie das stachlige Wesen gar nicht gefragt hatte, was und wer es war. „Wer bist du eigentlich?", fragte sie noch, bevor sie zurück musste. Das stachlige Wesen antwortete: „Eine verwunschene **G**iraffe, die jetzt als **I**gel leben muss." „Wie kommt das?", wollte Agni wissen. „Ich war sehr hochmütig und habe immer mit meinem langen Hals auf alle herabgesehen, habe gelogen und war ziemlich pieksig und stachlig mit den anderen Tieren, die außerhalb des Waldes leben. Deshalb wurde ich von einem großen Zauberer in die letzte Ecke des Dschungels verbannt. Mein langer Hals wurde zu einem Igelrüssel, die Beine wurden kurz und meine Kopfhöcker verwandelten sich in Stacheln", sagte der Igel. Agni war das egal. Der Igel war zwar nicht gut geeignet zum Kuscheln und konnte auch nicht auf Bäume klettern, aber er war da, hörte zu und wurde zu einem echten Freund.

Allerdings fragte sich Agni, wer sie wohl gewesen war und was sie angestellt hatte. Aber das ist eine andere Geschichte.

Der Zaubergarten

Wisst ihr, was eine **L**erche ist? Eine Lerche ist ein Vogel, der immer sehr früh wach ist und sofort das Zwitschern anfängt. Die Lerche in dieser Geschichte lebt in Nordamerika und in Deutschland. Genauer gesagt in Franken, das ist ein Teil von Deutschland. Dort spricht man Fränkisch, es hört sich so an, wie wenn es kein P und kein T gibt. Alles ist weich und die Leute sprechen das P wie ein B und das T wie ein D aus. Aus dem Peter wird der „Beder" und aus dem Toast wird der „Doasd". Trotzdem verstehen sich die Menschen. Manche finden sogar, dass es eine lustige Sprache sei und lachen sehr, wenn sie einen Franken hören. Andere brauchen tatsächlich einen Übersetzer, der ihnen sagt, was die einzelnen Wörter zu bedeuten haben.

Aber zurück zu unserer Geschichte. Unsere Lerche fliegt immer zwischen Nordamerika und Deutschland hin und her, weil sie im Winter in Nordamerika und im Sommer in Deutschland lebt. Die Länder sind sehr weit voneinander entfernt. Das ist ziemlich anstrengend und kräftezehrend, deshalb ist die Lerche **e**norm groß. Dazu muss sie auch noch drei Sprachen lernen: Englisch, Fränkisch und natürlich die Vogelsprache, um sich in den einzelnen Ländern und Gebieten verständlich machen zu können. Es fällt ihr nicht schwer, weil sie sehr **n**eugierig ist. Doch diese Neugierde hat auch Schattenseiten und bringt sie immer wieder in abenteuerliche Schwierigkeiten.

So zum Beispiel landete sie auf ihrem letzten Flug in einem verwunschenen fränkischen Garten, in der Mitte ein großer, alter Kirschbaum mit vielen roten Herzkirschen daran. Es gab ein kleines Gartenhäuschen, eingewachsen von Brombeer- und Himbeerhecken, Büsche und Sträucher zum Verstecken, hohes Gras, viele duftende Wildkräuter und Blumen, ein Erdhaufen mit unendlich vielen Würmen darin und Kürbissen darauf. Niemand konnte von außen in den Garten sehen und kein Mensch hatte diesen jemals betreten. Auf den ersten Blick erschien dieser Platz wie ein Paradies zum Ausruhen, Fressen und Übernachten. Doch was unsere Lerche nicht wusste: Es lebte noch ein anderes Wesen in diesem Garten und das wollte nur seine Ruhe haben und ungestört sein. Es war ein ziemlich empfindsames Wesen und hasste es, gestört zu werden. Die Lerche konnte das nicht wissen und sie konnte dieses seltsame Wesen zunächst einmal gar nicht sehen, da es so getarnt war, dass man schon ziemlich genau hinschauen musste, um es zu entdecken. Lerchen haben ja super gute Augen und einen scharfen Blick, aber das alles reichte nicht aus, um es zu sehen. Neugierig flog die Lerche durch den Garten, zwitscherte vor sich hin und naschte ungefragt von den Würmern und den roten Herzkirschen. Diese waren aber verzaubert und verwandelten die Lerche mit einem lauten Knall in einen Kürbis. Das Gezwitscher und der laute Knall weckten das Wesen auf. Es sah aus wie ein kleines Monster. Ziemlich **z**weggerd würden die fränkischen Menschen sagen, d.h. stramm, kräftig, gut gewachsen mit kleinen Antennen auf dem Kopf, einklappbaren Ohren und zäpfchenlos, das bedeutet, dass er kein Zäpfchen im Hals hatte. Es konnte zaubern und sich an alle Umgebungen anpassen. Mal sah es aus wie eine Kirsche, dann wieder wie eine Blume oder ein Wurm. Deshalb konnte es niemand sehen, auch die Lerche nicht. Das Monster regte sich ziemlich auf und beschimpfte den neuen Kürbis. Die Lerche, die im Inneren des Kürbisses gefangen

war, fing in ihrer Verzweiflung an zu zwitschern und erzählte dem Monster von Nordamerika, seinen Abenteuern und vom Fliegen. Wie schön es sei, andere Länder und Sitten kennen zu lernen und alles von oben zu sehen. Erstaunlicherweise hörte das Monster zu und entwickelte eine unendliche Sehnsucht, mal etwas anderes zu sehen als diesen Garten. Es entzauberte alle Kürbisse und verwandelte sich selbst in eine Lerche. Beide sahen sich sehr ähnlich, wie Zwillinge, und erhoben sich in die Lüfte und waren von nun an unzertrennlich. Auch die anderen verzauberten Tiere kamen wieder frei. Der Garten wurde zu einem Tierparadies und alle konnten sich dort ungestört ausruhen, verweilen, fressen und übernachten.
Unsere beiden Lerchen erlebten noch viele Abenteuer zusammen.

Die Geschichte der Insel und des Chamäleons

Opa und die Oma wohnen auf einer Insel. Sie heißt **N**injago und ist nicht sehr groß, aber sehr schön. Sie liegt mitten in einem großen Ozean und ist ganz schwer zu erreichen. Auf der Insel gibt es einen großen Berg mit einem Vulkan, der tatsächlich ab und zu Feuer speit. Dabei fallen große glühende Brocken auf die Erde und verändern die ganze Insel. Das **C**hamäleon, das auch dort lebt, findet das sehr schön, weil es sich an alles anpassen kann. Mal sieht es aus wie ein brauner Steinbrocken, mal wie ein großer **A**st und dann wieder wie eine grüne Echse. Das Chamäleon ist schon viele hundert Jahre alt, sehr neugierig und unternehmungslustig. Am **T**ag macht es Ausflüge auf der Insel und in der **N**acht gräbt es sich in die warme Erde ein und schläft sehr viel. Es kommt nicht sehr schnell voran bei seinen Ausflügen, aber das macht ihm nichts aus. Einmal im Monat macht es sich auf, um **O**ma und Opa zu besuchen. Sie wohnen auf der anderen Seite. Die Insel besteht aus neun verschiedenen Gebieten. Das erste ist das Vulkangebiet, hier wohnt kein Mensch und es ist sehr steinig und gefährlich, weil viele Spalten und Abgründe auf die Besucher lauern. Nur das Chamäleon fühlt sich dort wohl. Es liebt die Wärme und kann sich gut an die unfreundliche Umgebung anpassen. Dem Vulkangebiet schließt sich eine große Wüste an. Viel Sand, Sonne und auch eine Bewohnerin sind dort zu finden: Die **S**chlange lebt seit Jahren dort, sie ist zwei Meter lang, hat eine wunderschöne Verzierung und ist sehr nett. Sie freut sich riesig über die Besuche des Chamäleons und ist eine gute Freundin geworden. Sie treffen sich zum Spielen und denken dann, dass sie Ninjas wären. Das sind große Kämpfer, die ihre Insel verteidigen. Beide haben großen Spaß daran.

Die Wüste endet ganz plötzlich an einem Fluss. Dort wohnt ein **T**aucher, der Flusskrebse und Flussmuscheln sammelt und schon auf das Chamäleon wartet. Es kommt nämlich nicht allein über den Fluss und braucht dazu die Hilfe des Tauchers. Mit einem selbstgebauten Floß bringt er es wohlbehalten und trocken über den Fluss. Am anderen Ufer machen sie ein Lagerfeuer, essen die Krebse und erzählen sich alles, was sie seit ihrem letzten Treffen erlebt haben. Von dort aus geht es über eine Wiesenlandschaft zu einem großen Waldgebiet. Mächtige Bäume, Moos, Pilze, Ameisen- und Blätterhaufen erwarten dort das Chamäleon. Auch dort besucht es einen Freund. Man darf ihm nicht zu nahe kommen, da er stachlig ist. Wer ist es? Natürlich der **I**gel. Dem Igel geht es gar nicht gut, er hat sich erkältet und muss ständig **n**iesen. Das Chamäleon bleibt eine Weile und kümmert sich um den kranken Igel. Es macht ihm Tee, bringt ihm einen Apfel und liest ihm aus seinem Tagebuch vor. Nachdem es dem Igel besser geht, verabschiedet sich das Chamäleon und macht sich auf den Weg über die Hügel zum Dorf. Dort haben Oma und Opa ein schönes Haus. Das Dorf ist nicht sehr groß, aber es sieht gemütlich aus und alle, die dort wohnen, kennen sich gut und helfen sich gegenseitig. Es gibt einen Laden, eine Kita, eine Schule, Ärzte, Spielplätze und einen Flugplatz. Oma und Opa sind schon ganz aufgeregt über den anstehenden Besuch des Chamäleons. An der Tür hängt ein Willkommensschild und das Übernachtungszimmer ist schon vorbereitet. Es liegen Seife und Creme bereit und Opa sucht Rezepte heraus für einen leckeren Toast, dem Lieblingsessen ihres Gastes. Um null Uhr klopft es endlich an der Tür und der Besuch ist da. Die Freude ist groß und sie haben sich unendlich viel zu erzählen. Am nächsten Tag machen sie einen Ausflug zum Strand und in die Sümpfe. Jeder Tag bringt etwas Neues und sie haben sehr viel Spaß. Nach einer Woche bekommt das Chamäleon großes Heimweh und verabschiedet sich von Opa und Oma. Die sind sehr traurig, aber wissen ja, dass das Chamäleon wieder kommt. In einem kleinen Flugzeug fliegt es zurück zum Vulkan und springt mit einem Fallschirm ab. Es landet wohlbehalten und ruht sich erstmal von der langen Reise aus.

Oma und Opa freuen sich schon auf den nächsten Besuch.

Die Verwandlung

An einem Frühlingstag im März wurde ein kleiner Junge geboren. Er war das **N**esthäkchen, der Kleinste und Jüngste in der Familie. Vor ihm gab es noch zwei weitere Jungs. Gleichzeitig wurde auch ein Mäuserich im Haus geboren. Das Nesthäkchen und das Nagetier wussten nicht voneinander und es blieb erst einmal unbemerkt. Sowohl die Mäuseeltern als auch die Eltern des Jungen kümmerten sich ganz rührend um den Nachwuchs. Beide wuchsen heran, und wie man sich vorstellen kann, lernten sie sich auch irgendwann kennen. Doch das dauerte noch eine Weile.

Der Junge war die ganze Zeit in Bewegung, konnte kaum stillhalten, er hatte sozusagen **H**ummeln im Arsch, das sagt man so. Er hoppelte durch die Wohnung, war **e**ifrig und **i**nteressierte sich für alles, was sich bewegte. Er entwickelte sich zu einem richtigen **R**abauken.

Der Mäuserich dagegen war still und leise, kaum zu hören und schon gar nicht zu sehen. Aber auch er war neugierig und wagte sich immer mehr aus dem Mäuseloch in das Haus hinein. Er musste reaktionsschnell sein. Wenn jemand kam, musste er blitzschnell in das Mauseloch zurück, um nicht entdeckt zu werden. Sonst wäre es aus mit dem schönen Mäuseleben. Keine Käsebrösel und Brotkrumen, kein wärmendes Haus und keine Spielzeuggeräusche des Jungen mehr. Diese gefielen dem Mäuserich am besten. Noch etwas Anderes hatten die beiden gemeinsam: Sie waren nachtaktiv.

Die Eltern des Jungen redeten immer davon, dass er Insomnie habe. Der Mäuserich wusste nicht, was das war und dachte erst an eine furchtbare Krankheit, vor der man sich in Acht nehmen müsste. Als er herausfand, dass es sich um Schlaflosigkeit handelte, war er beruhigt und fand es sehr aufregend, weil er dann den Jungen in der Nacht treffen könnte, wenn alle anderen schliefen. Aber wie sollte er das anstellen? Er wusste nicht, wie der Junge auf ihn reagieren würde. Nachdem dieser sich manchmal sehr explosiv verhielt, musste sich der Mäuserich einen guten Plan überlegen.

Er beobachtete den Jungen eine ganze Weile. Es passierte jeden Abend das Gleiche: Nachdem alle eingeschlafen waren, stand der Junge auf, zog sich einen Pullover und Socken an und schlich sich in das extra eingerichtete Spielzimmer. Dort gab es wirklich ganz fantastisches Spielzeug: eine Holzeisenbahn, viele bunte Legosteine, eine Rutsche, Kostüme zum Verkleiden, Musikinstrumente und Blechspielzeug zum Aufziehen. Unter anderem auch eine Maus zum Aufziehen.

Um Mitternacht geschah etwas Wunderbares. Das ganze Spielzeug fing an lebendig zu werden. Die kleinen Männchen in der Holzeisenbahn redeten miteinander und waren ganz beschäftigt, den Betrieb aufrecht zu erhalten: „Bitte einsteigen!“, rief einer und ein anderer „Türen schließen!“. Die Aufziehmaus wurde zu einem wunderschönen Mäusemädchen, das durch das Zimmer tanzte. Der Junge unterhielt sich mit allen und sie spielten miteinander, bis der Morgen graute.

Dann schlich sich der Junge wieder ins Bett zurück. Der Mäuserich war fasziniert und wusste jetzt, wie er dem Jungen begegnen und das schöne Mäusemädchen wiedersehen konnte. Er gesellte sich einfach zum Spielzeug und wartete bis Mitternacht. Alle wurden wieder lebendig und es war toll, das Mäusemädchen und den Jungen wieder zu treffen. Der Mäuserich tanzte und kletterte auf den Jungen, der vor Freude juchzte und bald am meisten Gefallen an den Mäusen fand. So passierte es immer und immer wieder, bis der Junge groß und der Mäuserich alt waren.

War es vielleicht doch nur ein Traum?

Ein besonderes Elixier

Eine **A**lm ist ein kleines Haus oder eine kleine Hütte mitten in den Bergen. Im Winter ist es dort mächtig kalt und es fällt jede Menge Schnee. Im Sommer blüht alles wunderbar und es ist warm und sonnig. Es führt nur ein kleiner Fußpfad dort hinauf und man muss alles selbst hochtragen. Man kann nicht mit dem Auto hinfahren und es gibt keinen Laden zum Einkaufen und keinen Strom. Das Wasser kommt vom Berg. Es ist alles sehr einfach und man muss auf vieles verzichten, wenn man dort leben möchte. Aber wenn man es mag, gibt es nichts Schöneres, als dort zu leben und über die Berge zu schauen, die Sonnenauf- und -untergänge zu beobachten und der Stille zu lauschen. Auf so einer Alm beginnt unsere Geschichte.

Anne liebt es, ganz für sich allein zu sein. Sie mag die Natur und die Stille der Berge. Sie wohnt in der Alm. Natürlich hat sie auch ein paar Tiere um sich: Kühe, Ziegen, Schafe und einen Affen. Der Affe wurde von einem Wanderzirkus ausgesetzt, als dieser in dem Dorf gastierte, in dem Anne früher lebte. Das Tier fühlte sich sofort zu ihr hingezogen und sie nahm es bei sich auf, versorgte es und nahm es mit auf die Alm. So wie manche eine Katze oder einen Hund haben, so hat Anne einen Affen. Damit er sich auf der Alm wohl fühlt, hat sie ein Netz an die Decke gespannt, einen Kletterbaum aufgestellt und einen Urwald an die Wand gemalt. Sie hat sogar versucht im Garten Bananen zu züchten, aber das ist wegen der oft kalten Winter nicht gelungen. Der Affe muss das essen, was auch sie isst. Und was sie wirklich hervorragend kann, ist **J**oghurt machen. Ihr Joghurt ist in der Bergregion sehr bekannt. Es ist wie ein Elixier, ein Heil- oder Zaubertrank, der die Menschen für eine ganze Zeit von ihren Sorgen befreit. Viele Wanderer kehren deshalb bei ihr ein und machen eine Jause. Das ist eine Pause, bei der man eine Zwischenmahlzeit einnimmt. Aus Dankbarkeit für die sorgenfreie Zeit bringt jeder Wanderer etwas mit. Im Dorf unten steht immer eine Kiste mit Sachen für Anne. Zum Beispiel: Wolle, **N**adel und Faden, Bücher, Kerzen, Seife und natürlich Bananen für den Affen.

Anne mag es gerne, wenn die Wanderer auch Geschichten mitbringen und sie damit unterhalten. Vor allem im Sommer sitzen alle an der mit **E**feu bewachsenen Hauswand und erzählen von fernen Ländern, von Frauen, die Mäntel aus **N**erz tragen, köstlichen orientalischen Speisen, dem Urwald und dem Meer. Das gefällt Anne und ihrem Affen sehr. Beide lauschen den Geschichten und es trägt sie fort an andere Orte.

Neu ist ihre Leidenschaft, alle Geschichten aufzuschreiben und sie dann an langen, kalten Winterabenden zu lesen. Eine Geschichte handelt davon, dass Anne zwei Brüder hat, die in einer großen Stadt wohnen. Der eine ist Rennfahrer und lebt sehr gefährlich. Der andere ist Architekt und baut große Raumstationen. Beide besuchen sie einmal im Jahr und genießen ihren wunderbaren Joghurt, der alle ihre Sorgen verschwinden lässt. Bei dieser Geschichte fällt Anne auf, dass das Elixier zwar bei den anderen wirkt, aber bei ihr nicht. Sie macht sich Sorgen, wie sie alles allein schaffen soll und wie es mit ihr und dem Affen weitergeht.

Da kommt ein Wandersmann und bringt etwas mit, das Anne von ihren Sorgen befreit. Er hat eine Gitarre dabei und spielt für sie wunderschöne Lieder. Anne fühlt sich so gut wie schon lange nicht mehr. Musik war also das Elixier, das sie befreite. Und weil der Wandersmann Anne sehr gern hatte, beschloss er zu bleiben. Von da an wanderten sie gemeinsam durch die Berge, brachten die Wanderer zum Staunen und versetzten sie in Entzücken mit Joghurt und Musik. Jeder, der die Alm wieder verließ, war verändert: leichter, fröhlicher, leidenschaftlicher und zufriedener.

Jeder kann sein Elixier finden.

Die Wasserschlacht

An einem schönen, breiten und warmen Fluss wohnt das **N**ilpferd Nitfert. Es badet für sein Leben gerne und trifft dort regelmäßig die **E**nte **E**mma. Emma ist immer ziemlich lustig. Sie macht für Nitfert Kunststücke und erzählt ihm Witze, die ihn zum Lachen bringen. Und wenn Nitfert lacht, dann prustet er Wasser aus dem Maul und den Nasenlöchern und dreht sich im Fluss um sich selbst. Das sieht so aus, wie wenn sich ein Fass im Fluss bewegt und Wasser speit. Emma quietscht vor Vergnügen und hüpft auf dem Bauch von Nitfert auf und ab. Sie sind so laut, dass auch die anderen Flussbewohner neugierig werden und sehen wollen, was da los ist. Die Elefantendame Nele kommt aus dem Gebüsch, nimmt einen Rüssel voll Wasser und spritzt es Emma ins Gesicht. Die schaut ziemlich belämmert drein und taucht schnell ab, um sich vor den weiteren Attacken zu schützen. Es beginnt eine große, wilde Wasserschlacht. Nitfert prustet, Nele spritzt und Emma dreht sich im Kreis und tanzt über das Wasser. Das Gegacker, Gelächter und Geplätscher lockt noch andere Tiere an. Der noch sehr junge Esel Herbert kommt mit einem Affenzahn angaloppiert und kann nicht mehr rechtzeitig bremsen. Er fällt kopfüber ins Wasser, es macht einen riesigen Platscher und nur noch seine Hufe sind zu sehen. Nitfert, Emma und Nele müssen noch mehr lachen, denn so etwas Komisches haben sie lange nicht mehr gesehen. Herbert findet das gar nicht witzig und schluckt ganz viel Wasser und bekommt davon einen tierischen Schluckauf. „Hicks, hicks" macht er die ganze Zeit und die anderen können gar nicht mehr aufhören zu lachen und halten sich ihre Bäuche. Herberts Schluckauf will und will nicht aufhören. Er schüttelt sich, macht Purzelbäume, dreht sich auf den Rücken und streckt die Beine nach oben, aber nichts hilft. Auch die **A**msel Ingrid und die Ameise Hilde, die gerade vorbeikommen, wissen keinen Rat. Langsam erkennen auch seine Freunde Nitfert, Emma und Nele, dass es ernst ist, hören auf zu lachen und wollen ihrem Freund Herbert helfen. Emma hat einmal gehört, dass man einen, der Schluckauf hat, erschrecken muss, dann würde es aufhören. Nun fragen sich die drei, was Herbert erschrecken könnte und haben eine Idee. Gabi, das **R**eh, hat einen Roller dabei und ist damit verdammt schnell. Sie flüstern ihr ins Ohr, wen sie holen soll und schicken sie mit dieser Botschaft in den Wald. Unterwegs muss sie mal nach dem Weg fragen, da kommt ihr die Maus Annemarie gerade recht. Sie kennt sich gut aus und kann Gabi den Weg beschreiben. In der Zwischenzeit erzählen die Freunde Herbert Witze, Gruselgeschichten und machen alle möglichen Verrenkungen, um ihn von seinem Schluckauf zu befreien. Aber nichts hilft. Gabi hat ihr Ziel erreicht, es ist der **L**öwe Leo. Er kann so laut brüllen, dass alle Tiere vor ihm erschrecken. Als er und Gabi zurück bei den anderen sind, gibt Leo wirklich sein Bestes und brüllt so laut er kann, aber auch das hilft Herbert leider nicht. Alles, was er jetzt noch will, ist zu seiner **M**ama. Hicksend und völlig erschöpft kommt er dort an. Seine Mama war schon ganz in Sorge, weil Herbert so lange weg war. Sie freut sich sehr ihn zu sehen und merkt, dass etwas nicht stimmt. Herbert hickst und hickst. Sie nimmt ihn in die Arme, streichelt ihn und gibt ihm einen Becher Milch. Herbert genießt die Streicheleinheiten und trinkt ganz gierig von der Milch. Dabei vergisst er völlig seinen Schluckauf und schläft einfach ein.

Am nächsten Morgen denkt Herbert, er hätte einen schlechten Traum gehabt und erzählt seiner Mama davon. Die lacht und freut sich, dass Herbert wieder voller Energie steckt. Mamas und Papas wissen doch am besten, was ihre Kleinen brauchen.

Wenn du ein Problem hast, dann kannst du bestimmt auch zu einem lieben Menschen gehen. Herbert auf jeden Fall ist schon wieder bei seinen Freunden zum Spielen und freut sich auf neue Erlebnisse, hoffentlich ohne Schluckauf.

Besuch bei Opa

Suma lebt am Pazifischen Ozean in der Nähe von San Francisco. Die Stadt liegt im Westen von Amerika. Dort ist es gefühlt immer Sommer. Er geht einmal in der Woche zu seinem Opa Karl. Sie machen Strandspaziergänge, Besuche im Zoo, Vogelbeobachtungen und Waldspaziergänge. Beide lieben die Natur und Tiere. Das Meer hat eine besondere Anziehungskraft für Suma. Am Strand entlanggehen, um dort Strandgut zu sammeln, findet er großartig. Er ist gespannt, was sie dieses Mal finden werden. Auf der einen Seite sind hohe Sanddünen und auf der anderen Seite das Meer. Der Pazifik, so wird das Meer dort auch genannt, kann sehr gefährlich sein. Es gibt Ebbe und Flut, hohe Wellen, eine starke Strömung und das Wasser ist sehr kalt. Immerzu weht der Wind und die Wellen spülen mit der Flut verschiedene Dinge ans Land: lange Seetangstränge, Muscheln, altes Holz, Krebse, Steine und eines Tages auch einen Meeresbewohner. Suma und Opa sehen zuerst einen länglichen dunklen Fleck am Strand liegen und wissen nicht, was das ist. Sie sind neugierig und nähern sich langsam und bedächtig dem Objekt. Als sie näherkommen, scheint sich das Ding zu bewegen. Es macht komische Geräusche und die beiden werden immer langsamer.
Der Körper sieht recht plump aus, der Schwanz ist kurz und leicht abgeflacht. Die Hände und Finger sind kurz und tragen Krallen. Die Hinterbeine sind robbenartig nach hinten versetzt und die Zehen sind mit Schwimmhäuten verbunden, die Füße selber sind paddelförmig. Der Kopf ist kurz mit einer stumpfen Nase, die Augen sind klein und die Ohrmuscheln sogar winzig. Das Fell ist rötlichbraun und hängt ziemlich locker am Körper. Das ist eindeutig ein Seeotter!
Aber irgendetwas scheint mit dem Tier nicht in Ordnung zu sein. Es schnauft sehr langsam und bewegt sich kaum. Auf das Klatschen und Rufen von Suma und Opa reagiert der Otter nicht. Das ist ungewöhnlich, da die Tiere in der Regel sehr scheu sind. Beide versuchen den Otter in das Wasser zu treiben, da sie denken, er könnte sich dort leichter bewegen und vielleicht wieder Anschluss an seine Familie finden. Opa schaut auf die Uhr und stellt fest, dass die Flut bald einsetzt, das heißt die Wellen kommen viel näher an den Strand. Tatsächlich werden die Wellen immer höher und kommen immer dichter an den Otter heran. Bei einer sehr langen Welle werden der Körper und das Gesicht des Otters überspült. Er bewegt sich und langsam richtet er sich auf und kann mit einer der folgenden Wellen tatsächlich wieder ins Meer schwimmen. Suma und Opa freuen sich sehr darüber. Nach dieser Aufregung setzen sie sich in den Sand und essen eine Ananas. Suma liebt Ananas und würde am liebsten eine Ananasplantage in seinem Garten pflanzen. Es ist sein absolutes Lieblingsessen. Opa erinnert sich an ihren letzten Zoobesuch und fragt Suma: „Kannst du dich noch an das verrückte Kamel erinnern? Es hat sich im Kreis gedreht und mit den Hufen ausgeschlagen, bis es ein Wärter mit einem Lasso eingefangen hat?“ „Ja“, antwortet Suma und erinnert sich auch an eine Geschichte mit einem verletzten Reh, das sie im Wald gefunden und dem Förster übergeben hatten. Suma fuhr jeden Tag nach der Schule mit seinem Roller zur Försterei und fütterte das Reh, bis es wieder gesund war und wieder in den Wald zurück konnte. Die Zeit vergeht und die beiden machen sich auf den Heimweg durch die Sanddünen. Die Sonne steht immer noch sehr hoch und der Sand unter ihren Füßen ist heiß, sodass das Barfußlaufen unangenehm wird. Beide ziehen ihre Schuhe an. Als sie den ersten Schritt machen, schlängelt sich eine gelb und schwarz gestreifte Schlange vor ihnen im Sand. Sie erschrecken nicht schlecht, bleiben abrupt stehen und halten die Luft an. Suma weiß aus seinen Büchern, dass diese Schlange giftig ist und sie sich ganz still verhalten müssen. Die Schlange wiederum hat kein Interesse an den Beiden, denn sie ist hinter einer verletzten Amsel her, die nicht mehr fliegen kann. Es sieht so aus, als ob sich die Amsel den Flügel verletzt hat. Suma beobachtet mit Respekt das Ganze und überlegt, wie er der verletzten

Amsel helfen kann. Opa Karl, der ähnliche Gedanken hat, greift nach einem angespülten Holzknüppel und versucht, die Schlange abzulenken. Suma greift blitzschnell nach der verletzten Amsel und beide rennen so schnell sie können Richtung Meer. Die Schlange verzieht sich wieder zwischen die Dünen und Suma schaut in seine Hand, mit der er die Amsel fest umschlossen hat. Er bemerkt den aufgeregten Herzschlag der Amsel und sagt: „Das war aber knapp und aufregend. Was machen wir jetzt mit der Amsel?" Opa schlägt vor, sie zum Tierarzt zu bringen und nach der Behandlung mit nach Hause zu nehmen, um sie gesundzupflegen. Was für ein Tag, erst ein Otter, der nicht ins Meer fand und dann die Schlange, die die Amsel fressen wollte. Suma ist ziemlich aufgeregt, als er mit der vom Tierarzt behandelten Amsel nach Hause kommt. Er erzählt alles haarklein seinen Eltern und kümmert sich nach der Schule um die Amsel, die nach einigen Wochen wieder gesund und munter trällert und tatsächlich wieder fliegen kann. Suma entlässt die Amsel in die Freiheit. Zum Dank zwitschert sie nun jeden Morgen am Baum vor seinem Fenster ein Lied für ihn.

Suma freut sich schon auf das nächste Treffen mit Opa, weil es jedes Mal aufregend ist und er sich mit Opa total gut versteht. Sein Opa ist stolz auf Suma und bewundert die Art, wie er mit Tieren umgeht. Beide haben viel Spaß miteinander. Ich hoffe, du hast auch einen tollen Opa.

Sonne und Mond

Der Mond ist rund, hat zwei Augen, Nase und Mund. So sieht er in dem Land aus, in dem es noch Dinosaurier gibt. Der Mond wacht in der Nacht über alles: Menschen, Tiere und Pflanzen. Er beobachtet vieles. Tagsüber scheint, wie auch bei uns, die Sonne. Sonne und Mond sind befreundet, können sich aber leider nicht so oft sehen. Meistens nur dann, wenn die Sonne untergeht und der Mond auf. Diese Zeit nutzen sie, um rumzualbern und zu erzählen, was sie erlebt haben. Heute erzählt der Mond die Geschichte vom Onkel und einem magischen Mähdrescher:

Unser Onkel ist der Bruder von einem Insekt. Er heißt „Sumsemanns kleiner Bruder". Mit seinen braunen Flügeldecken und breit gefächerten Fühlern sieht er aus wie die Miniausgabe eines Maikäfers. Der grüne Vorderkörper zeigt aber, dass es sich bei ihm um einen Gartenlaubkäfer handelt, der im Mai und Juni an Wiesen, Äckern und in Gärten häufig zu finden ist. Sumsemanns kleiner Bruder lebt in einem Turm. Weil er so klein ist, hat er sich eine Rutschbahn gebaut, um leichter rein und raus zu kommen und auch besser Besuch empfangen zu können. Er liebt Mähdrescher, obwohl sie für ihn eine gewisse Gefahr darstellen. Egal wo er unterwegs ist, er ist immer auf der Suche nach ihnen und will mitfahren. Sumsemanns kleiner Bruder hat tatsächlich einen Mähdrescher entdeckt und ist ziemlich aufgeregt, da dieser etwas Besonderes zu sein scheint: Er sieht nicht aus wie die Mähdrescher, die er bisher gesehen hat, nein, dieser kann das gebündelte Stroh in Dinosaurier verwandeln. Gerade eben hat er einen Triceratops, einen Dino mit drei Hörnern gemacht. Danach folgen ein Tyrannosaurus Rex und ein Brachiosaurus. Aus jedem Strohballen wird ein Dinosaurier. Die ganze Wiese ist voll davon und alle fressen friedlich nebeneinander. Sumsemanns kleiner Bruder ist völlig fasziniert. Aber als er den Mähdrescher erklimmt, bleibt der stehen und alles löst sich in Luft auf.

Die Sonne kann diese Geschichte kaum glauben, aber leider ist die Zeit um und sie müssen sich trennen. Sie freut sich schon auf das nächste Treffen, denn dann ist sie dran, eine Geschichte zu erzählen, die sie erlebt hat:

Zwei ungewöhnliche Freunde, ein Zebra und ein Igel wollen auswandern, das heißt sie möchten den Ort, an dem sie leben, verlassen und woanders leben. Die anderen Tiere, die noch mit ihnen leben, können das überhaupt nicht verstehen. Es ist ein wunderbarer Ort mit schönen Pflanzen, Bergen, einem See und vielen, vielen Freunden – alles, was man braucht. Doch dem Zebra ist es zu kalt und dem Igel zu langweilig. Sie ziehen los und ihr erster Halt ist in einem gemütlichen Dorf. Sie übernachten dort und am nächsten Tag wollen sie weiterziehen. Aber wohin wollen sie eigentlich? Sie haben weder eine Landkarte noch einen Kompass dabei, sie gehen einfach immer in Richtung Sonne. „Das ist okay", denken sie sich, „denn dann können wir uns nicht verirren". Nachdem sich die Sonne um die Erde dreht, wandern auch die beiden Freunde um die Erde und sehen viel, aber sind nirgendwo glücklich, bis sie wieder an dem Punkt ankommen, wo sie gestartet sind. Dort fällt ihnen auf, dass ihr Zuhause doch der schönste

Ort auf der Welt ist, weil auch dort ihre Freunde sind. Damit das Zebra nicht mehr friert, haben sie ihm einen Zebramantel gestrickt und für die Langeweile des Igels haben sie sich tolle Spiele und Geschichten ausgedacht.

Diese Geschichte gefällt dem Mond sehr, denn er will auch die Sonne nicht vermissen und will auf immer und ewig ihr Freund bleiben. Und so begegnen sich Sonne und Mond jeden Tag und kennen so viele Geschichten, dass sie ein ganzes Buch füllen könnten.

Ich wünsche auch dir Freunde fürs Leben.

Ein Engel

Im schönen **M**onat Juli wurde, mitten in der **N**acht, ein Engel geboren. Er hatte zartrosa Bäckchen, eine süße kleine Nase, **A**ugen wie Sterne und ein **L**achen wie die schönste Musik, die ihr euch vorstellen könnt. Dieser Engel sprühte nur so vor **E**nergie. Den ganzen Tag und sogar die halbe Nacht war er damit beschäftigt, die Menschen zu beobachten, die ihm zugeteilt waren. Alle Engel haben nämlich die Aufgabe, auf einen oder mehrere Menschen aufzupassen und diese zu beschützen. Deshalb nennt man sie auch Schutzengel. Unser Engel hatte sich eine ganze Familie ausgesucht. Dazu zählten die Eltern, zwei Kinder und ein Großelternpaar – insgesamt 6 Personen. Das ist ganz schön viel für so einen frischen, neuen Engel, deshalb wohnte er direkt unter dem Dach der Familie. Engel werden auch dort eingesetzt, wo die Menschen dringend engelhafte Unterstützung brauchen. Das war für diese Familie wirklich wichtig. Sie hatten einen kleinen Jungen, der gerade mal laufen gelernt hatte. Er war ständig auf Entdeckungsreise und konnte die Gefahren um ihn herum noch nicht abschätzen. Der Engel passte auf: beim Klettern, beim Treppensteigen, beim Ein- und Aussteigen aus dem Auto und eigentlich den ganzen Tag, solange der Junge wach war. Und so konnte verhindert werden, dass der Junge vom Klettergerüst fiel, von einem Auto angefahren wurde und vieles mehr. Dann war da auch noch ein Baby, seine kleine Schwester, die ganz oft auf dem Arm der Mama war und noch mehr Aufmerksamkeit brauchte. Sie bewachte der Engel den ganzen Tag und die Nacht, streichelte, wog, bewegte das über dem Bett hängende Mobile und sang das Baby in den Schlaf, damit die Eltern sich auch einmal ausruhen konnten. Der kleine Engel musste an mehreren Orten gleichzeitig sein. Das war mächtig anstrengend. So passte er auch auf die Großeltern auf, die regelmäßig lange, ausgedehnte Fahrradtouren in aller Herren Länder machten, auf teils unwegsamem Gelände. Dort musste der Engel Stürze, Invasionen von Mücken, Zusammenstöße mit Autos und vieles mehr verhindern. Natürlich war der Engel auch für die gesamte Gesundheit der Familie verantwortlich und das war die allergrößte Herausforderung. So hatte der Engel wirklich viel zu tun und eines Morgens, nach dem **E**rwachen, stellte der kleine Engel fest, dass er nicht mehr **r**eden konnte und nur noch röchelte. Er hatte sich selbst total vergessen und war nur noch für die anderen da gewesen. Ein Virus hatte ihn erwischt und er musste sich dringend ausruhen, auftanken und wieder gesund werden. Er machte sich große Sorgen um die Familie, hatte aber keine Energie mehr, sich weiter zu kümmern. Doch auch so ein kleiner Engel hat einen Engelshüter, der dann da ist, wenn dieser Hilfe braucht. Er nahm den Engel in die Arme, cremte ihn mit Salbe ein und schenkte ihm so viel Liebe, dass der kleine Engel ganz schnell wieder zu Kräften kam. In der Zwischenzeit hatten sich noch andere Engel um die Familie gekümmert und so wurde innerhalb der Engelschaft beschlossen, dass jeder Engel nur über ein Menschenkind wacht, damit kein Engel mehr krank wird und die Menschen gut behütet werden.

Jeder sollte sich über seinen eigenen Schutzengel freuen und ihm helfen, indem man auf sich achtet und gesund bleibt.

Unser Engel war nun für das kleine Mädchen zuständig und freute sich sehr über diese Aufgabe. Bis zu deren Lebensende sind die beiden nun verbunden.

Das Rabenfräulein

Es war einmal ein Rabenfräulein. Fräulein sagt man heutzutage nicht mehr. Früher wurden die unverheirateten Mädchen und jungen Frauen so genannt. Unser Rabenfräulein wohnte in Rabenstadt, in der Rabenstraße eins. Sie hatte einen wunderschönen roten Schnabel, das ist ganz selten bei Raben. Für gewöhnlich sind sie ganz schwarz. Leider konnte sie keine Briefe erhalten wie alle anderen. Der Grund dafür war, dass sie keinen Vornamen hatte. Ja, ihr habt richtig gehört, sie hatte tatsächlich keinen Vornamen. Den hatte ihre **M**ama einfach vergessen. Aus diesem Grund sind auch all die schönen Briefe, die sie erhalten sollte, nicht angekommen. Denn Rabenfräuleins gab es in der Rabenstadt, Rabenstraße eins, ganz viele. Darüber was sie sehr traurig. Sie beschloss sich auf die Suche nach einem Vornamen zu machen. Am Tag nach diesem Entschluss packte sie ein paar Sachen zusammen. Etwas Proviant, einen **A**pfel und eine Ananas, ein paar warme Sachen zum Anziehen, einen Schal, eine Mütze, etwas Geld und flog davon. Als sie schon eine Weile unterwegs war, landete sie in einem wunderschönen Wald mit großen grünen Bäumen und einem Bächlein. Sie trank ein wenig Wasser und verspeiste ihren Apfel. Beim Fressen fielen ihr ein paar Apfelstückchen herunter und sie konnte sehen, wie ein paar fleißige Ameisen die Stückchen abtransportierten. Eine Ameise bedankte sich bei ihr für die köstliche Speise und fragte, was sie so allein hier im Wald mache. Das Rabenfräulein erzählte ihr die Geschichte von ihrem vergessenen Vornamen und ihrer Suche nach einem solchen. Die Ameise überlegte und sagte: „Nachdem du so freundlich warst und uns mit Nahrung versorgt hast, möchte ich dir einen Buchstaben schenken, und zwar ein M, weil M so schön klingt.“ Danach verabschiedete sich die Ameise von ihr. Das **R**abenfräulein bedankte sich und freute sich über dieses wunderbare Geschenk. Sie beschloss weiter zu fliegen und noch mehr Buchstaben zu sammeln, und zwar sieben Stück, da die Sieben ihre Lieblingszahl war. Nach dem Wald kam sie zu einer großen sandigen Fläche mit Wasserlöchern und kleinen Büschen darauf. Dort setzte sie sich auf einen großen, grauen, schlammigen Stein und pickte kleine Insekten auf. Mit ihrem roten, spitzen Schnabel gelang ihr das sehr gut. Doch plötzlich wackelte es fürchterlich und der Stein begann sich zu bewegen und fing auch noch an zu sprechen. „Danke, dass du mich von den Parasiten befreit hast. Kann ich auch etwas für dich tun?“, sagte der Stein, der eigentlich ein **N**ashorn war. Das Rabenfräulein war sehr erstaunt und erzählte ihm seine Geschichte und dass sie auf der Suche nach Buchstaben für ihren Vornamen sei. „Na da gebe ich dir ein A, weil aller Anfang schwer ist“, sagte das Nashorn und vergrub sich wieder im Schlammloch. Sie freute sich sehr, verabschiedete sich höflich und flog mit dem M und A davon. Sie übernachtete in dem nahegelegenen Wäldchen auf einem Ast. Morgens wurde sie von lautem Gebrüll geweckt. „Wer war das?“, dachte sie. Da entdeckte sie einen Affen, der sich versehentlich auf einen Igel gesetzt hatte. Das tat weh. Der Igel schimpfte: „Pass doch auf, du blöder Affe!“ Der Affe murmelte: „Entschuldigung, das ist mir noch nie passiert.“ Da musste das Rabenfräulein lachen, da der Affe immer noch ein paar Igelstacheln im Hinterteil hatte und wie ein kleines Stachelschwein aussah. Erst da bemerkten die Beiden das Rabenfräulein und lachten mit ihr. Geschickt zog sie mit ihrem Schnabel die Igelstacheln aus dem Po des **A**ffen und setzte sie dem **I**gel wieder auf den Rücken. Beide bedankten sich und schenkten ihr, als sie von ihrer Geschichte hörten, ein R und ein I. Mari klingt schon ganz gut, aber zu ihrer Lieblingszahl fehlten ihr noch drei Buchstaben. Sie teilte noch die Ananas mit den Beiden und flog weiter auf eine Insel. Dort war es seltsam still und es war nur ein Haus mit einer Antenne und ein Boot mit einem **A**nker zu sehen, sonst nichts. Sie wartete und wartete und erst am nächsten Tag ging die Tür auf und ein Männchen mit einer sehr großen Nase kam heraus.

Es sah freundlich aus und stellte sich vor, als er das Rabenfräulein entdeckte. „Ich bin A.N.A, und wer bist du?“ „Ich bin das Rabenfräulein ohne Vornamen und bin auf der Suche nach Buchstaben für einen schönen Namen.“ „Na, da kannst du meine drei Anfangsbuchstaben nehmen, wenn du willst.“ Das Rabenfräulein überlegte und dachte, dann würde ich MARIANA heißen und das gefiel ihr sehr gut, nachdem der Name auch noch aus sieben Buchstaben bestand. Sie war überglücklich und fragte: „Sag, wofür stehen die Buchstaben A.N.A.?“ Das Männchen sagte: „A steht für Albert, so hieß mein Vater. N steht für Niesbert, weil ich mit meiner großen Nase immer niesen muss und A steht für Ackerfurche, weil ich in einer solchen geboren wurde. Aber das war mir alles viel zu lang, deshalb nur A.N.A.“ Mariana blieb noch eine ganze Weile auf der Insel. A.N.A. war einfach sehr lustig, konnte fabelhaft Geschichten erzählen, war ein guter Koch und hatte so lange keine Gesellschaft mehr gehabt. Nach sieben Tagen verabschiedete sie sich und flog nach Hause zurück. Dort stellte sie allen ihren neuen Vornamen vor und erhielt schon am nächsten Tag ihren ersten Brief von A.N.A. Sie schrieben sich regelmäßig und besuchten sich gegenseitig. Mariana war das glücklichste Rabenfräulein auf der ganzen Welt. Was für ein schöner Vorname. Bestimmt hast auch du einen ganz tollen Namen.

Prinzessin sein

Vielleicht kennt ihr das Märchen von der Prinzessin auf der Erbse. Sie schlief auf 20 Matratzen. Unter diesen war eine Erbse versteckt, ohne dass sie es wusste und tatsächlich spürte sie diese. Das können nur Prinzessinnen.

Unsere Prinzessin lebt nicht in einem Schloss und hat auch nichts mit Erbsen zu tun. Sie heißt eigentlich Lilli und wird von ihrem Opa Lothar Prinzessin genannt, wenn sie in den Ferien bei ihm wohnt.

Lilli ist eine intelligente, selbstbewusste und herausfordernde kleine Person. Ihr Eigensinn ist besonders ausgeprägt. Des Weiteren verfügt sie über eine außergewöhnliche Fantasie. Opa Lothar mag das alles sehr. Damit sie sich ausleben kann, hat er ihr ein Märchenzimmer eingerichtet. Dort hat sie ein Prinzessinnenbett, eine Krone, ein Prinzessinnenkleid, Schals, Umhänge, Hosen, Stiefel, Hüte, Schleifen für das Haar, eine Schatztruhe und ein Schaukelpferd. Die Wände sind mit Märchenfiguren bemalt und die Gardinen glänzen wie Gold. All das hat ihr Opa gemacht. Es ist wunderschön und sobald man den Raum betritt, fühlt man sich tatsächlich wie in einem Märchen. Lilli liebt Märchen und möchte den ganzen Tag nichts Anderes spielen. Opa Lothar schlüpft beim Spielen in verschiedene Rollen, einmal ist er der König, dann wieder ein Diener, der Kutscher, der Zauberer, der Narr oder der Prinz. Die Narrenrolle gefällt Opa Lothar am besten, da kann er machen, was er will und muss nur die Prinzessin zum Lachen bringen. Das gelingt ihm immer. Er ist für sie wie ein Zauberer. Und tatsächlich liegt in diesem Zimmer ein gewisser Zauber.

Jede Nacht, wenn Lilli schlafen geht, hat sie wunderbare und auch seltsame Märchenträume. In einem Traum wird sie von einem Frosch geküsst und verwandelt sich auch in einen Frosch. Beide Frösche verlieben sich ineinander, leben im Königsteich und haben viele Freunde und eine Menge Froschkinder. Sie planschen den ganzen Tag im Wasser und quaken laut und freundlich. Kein Mensch darf sie einfangen und gefangen nehmen. Sie sind sehr glücklich.
Im nächsten Traum bekommt sie eine Stiefschwester, die sehr freundlich ist und alles für Lilli macht. Sie bereitet ihr das Essen zu, wäscht ihre Wäsche, bügelt ihre Kleider und singt und spielt mit ihr, nimmt sie zu allen Festen mit, zu denen sie eingeladen ist, schenkt ihr den ganzen Schmuck, den sie besitzt, und ihre roten Schuhe. Auch den Prinzen teilt sie mit ihr und sie leben glücklich und zufrieden bis an ihr Lebensende.

Einen dritten Traum möchte ich euch noch erzählen. Da ist Lilli eine verzauberte Gans, die allen, die sie anfassen, einen Schlag versetzt, dass sie weit wegfliegen und nicht mehr gesehen werden. Das bringt die Prinzessin in dem Märchen statt zum Lachen immer zum Weinen und sie braucht eine Unmenge an Taschentüchern. Das ist ein ziemlich trauriges Märchen. Lilli gefällt es gar nicht und sie wacht regelmäßig davon auf.

Am nächsten Tag erzählt sie Opa Lothar von ihren Träumen. Die Geschichten erinnern ihn sofort an die Märchen in seinem Märchenbuch, doch dort sind diese ganz anders erzählt. Beim Froschkönig zum Beispiel verwandelt sich der Frosch nicht in einen Frosch, sondern in einen Prinzen. Bei Aschenputtel ist die Stiefschwester nicht nett, sondern garstig und böse, und bei der goldenen Gans bekommen die Leute, die sie berühren, keinen Schlag, sondern sie kleben alle an ihr fest und das bringt die Prinzessin zum Lachen und nicht zum Weinen.

Opa Lothar nimmt Lilli in den Arm und holt sein Märchenbuch. Er liest ihr die Märchen vom Froschkönig, dem Aschenputtel und der goldenen Gans vor, die ihn an Lillis Träume erinnern. Sie ist ganz still und hört aufmerksam zu. Lilli wünscht sich nun von ihrem Opa, dass er ihr jeden Abend ein neues Märchen vorliest, dann kann sie die Geschichten mit in ihre Träume nehmen und ihrem Opa am nächsten Tag erzählen, was sich in ihrem Traum bei dem Märchen verändert hat. Denn Träume dürfen einfach so sein, wie sie sind. Bestimmt kennt ihr auch viele Märchen und wenn nicht, dann lasst sie euch einfach mal von eurem Opa vorlesen.
Gute Nacht.

Drei ganz unterschiedliche Freunde

Es waren einmal drei sehr unterschiedliche Freunde. Ein **A**ffe, ein **N**ilpferd und eine Ameise. Wirklich sehr ungewöhnlich, diese Freundschaft. Wie die drei zusammengekommen sind, möchte ich euch mit dieser Geschichte erzählen. Einen Tag unter der Woche durfte das Nilpferd Oli bei seiner Oma und seinem Opa verbringen. Nach der Schule ging er direkt zu ihnen. Es gab immer sehr leckeres Essen dort, denn seine **O**ma war eine hervorragende Köchin. Was immer er sich wünschte, wurde gemacht, zum Beispiel Pfannkuchen, Pommes, Reisbrei, Kuchen und vieles mehr. Sein Opa war ein angesehener Fotograf und beide machten ausgedehnte Spaziergänge und fotografierten dabei. Später schauten sie sich die Fotos an und klebten die schönsten in ein Fotoalbum, das nur Oli gehörte. Die größte Leidenschaft von Oli war jedoch das Fußballspielen. Er wollte unbedingt in die Schulmannschaft. Die beste Position, die er sich für sich vorstellen konnte, war das **T**or, ja er wollte unbedingt Torwart werden. Aber das war gar nicht so leicht. Oli hatte nämlich vor einem Jahr einen Unfall. Ein Fußball traf ihn mit voller Wucht am Kopf. Er kam mit dem Rettungswagen in die **N**otaufnahme im Tierkrankenhaus und musste dort einige Woche bleiben, es wurden ganz viele Untersuchungen gemacht und das Ergebnis war leider, dass er nicht mehr vollständig hören konnte. Er bekam Gleichgewichtsstörungen, hörte nur noch auf dem rechten Ohr und ihm wurde verboten, weiter Fußball zu spielen. Darüber war Oli sehr traurig. Das Krankenzimmer teilte er sich mit einer Ameise. Sie hieß Elise und hatte sich zwei Beine gebrochen. Elise war beim Klettern von einem riesigen Baum gestürzt. Das fand sie aber gar nicht so schlimm, denn sie hatte ja noch vier weitere Beine. Aber bedauerlicherweise war sie deshalb sehr stark in Ihrer Bewegungsfreiheit eingeschränkt. Sie wollte immer etwas erleben und hasste es, ruhig irgendwo herumliegen zu müssen. Oli hörte schlecht und Elise konnte sich nicht bewegen. Da hatte Elise eine Idee: „Du könntest mich doch in dein Ohr setzten", sagte sie. „Dort ist es kuschlig und bequem, ich könnte für dich hören und du kannst mich überall mitnehmen. Was sagst du dazu?". Oli fand die Idee ungewöhnlich, aber was sollte er schon verlieren. Er hob Elise sanft in sein linkes Ohr und wartete erstmal ab. Elise machte es sich gemütlich. Die feinen Härchen in Olis Ohr waren flauschig und warm. Für gewöhnlich drehen Nilpferde die Ohren immer hin und her und das fand Elise am schönsten. Sie hatte einen super Überblick und kreischte vor Vergnügen. Oli hatte nun eine Ameise im Ohr. Elise hörte alles und konnte Oli beim Hören unterstützen. Alles, was gesagt wurde, wiederholte sie in sein Ohr. Oli hatte das Gefühl, dass er wieder alles verstehen konnte, und war überglücklich. Sein Gleichgewicht wurde besser und bald darauf konnte er nach Hause gehen. Beide waren ein tolles Team. Elises Beine heilten auch nach einer Weile und Oli hatte schon Angst, dass sie jetzt wieder sein Ohr verlassen würde. Aber Elise blieb bei ihm, da sie Freunde geworden waren und beste Freunde sich immer helfen. Oli hatte natürlich von seinem größten Wunsch erzählt und Elise wollte ihm unbedingt dabei helfen, Torwart zu werden. Sie hatte da wieder eine Idee: „Du musst wieder trainieren, und zwar mit dem besten Trainer, den es gibt. Es gibt da einen Affen, der Jürgen heißt. Er hat schon mal die Nationalmannschaft der Tiere trainiert und war sehr erfolgreich. Wir müssen ihn unbedingt dafür gewinnen." Jürgen war natürlich sehr beschäftigt und es war gar nicht so einfach, an ihn heranzukommen. Er lebte in der Zwischenzeit in Amerika und war, weil er sehr berühmt geworden war, schwer zu erreichen.

Doch Olis Opa, der durch seine Fotografien auch sehr berühmt war, schrieb dem Jürgen die Geschichte von Oli und Elise. Er versprach, wenn er Oli in den Ferien trainieren würde und er in die Schulmannschaft käme, er dann ganz tolle Bilder von Jürgen machen würde und er noch berühmter werden könnte. Als Jürgen diese Geschichte hörte, konnte er nicht anders als zu Oli zu fahren und ihn zu trainieren. Elise, die ja immer dabei war, konnte es nicht fassen. Es war eine super tolle Zeit und alle drei wurden zu besten Freunden. Jürgen schaffte es, dass Oli in die Schulmannschaft kam und dort seine Lieblingsposition spielen durfte. Er war ein super Torwart und sein Opa machte ein Fotoalbum für Jürgen, der von nun an immer wieder in den Ferien kam, um Oli und Elise zu besuchen. Mit besten Freunden kann man alles schaffen.

Weihnachten im August

Max, Martha und Anna sind im August immer eine Woche bei ihrem Onkel Johannes und ihrer Tante Amelie. Sie wohnen in Altenkirchen und haben ein altes Schulhaus umgebaut. Es ist sehr groß und es gibt immer wieder etwas Neues zu entdecken. Besonders spannend sind der Dachboden und der Keller. Auch die Umgebung ist sehr interessant. Es gibt dort Hügelgräber und viele andere Dinge, die vor langer, langer Zeit entstanden sind. Den Dreien gefällt es sehr gut in Altenkirchen und die Zeit vergeht dort wie im Flug. Martha findet Max ganz toll und würde am liebsten immer mit ihm zusammen sein. Das geht aber nicht, weil Max gar nicht bei Martha wohnt. Anna dagegen wohnt bei Martha und schläft sogar in ihrem Bett. Martha nimmt sie überall mit hin. Anna ist nämlich ihre Lieblingspuppe. Und Lieblingspuppen dürfen mit auf den Dachboden, den Keller, die Badewanne und natürlich mit ins Bett. Max nennt Martha einfach M. Nach dem Frühstück machen sich die Drei fertig und gehen auf Entdeckungsreise. Heute starten sie auf dem Dachboden. Im Sommer ist es dort sehr heiß und im Winter, zum Beispiel im Januar, wenn Opa Wolfgang Geburtstag hat, super kalt. Aber da sind sie ja nicht da. Der Dachboden ist sehr groß und in verschiedene Bereiche abgetrennt. In einem Teil hängt immer die Wäsche, im anderen Teil sind viele gesammelte Dinge abgestellt, zum Beispiel ein altes Schaukelpferd, eine Kiste mit Bildern, eine mit Faschingskostümen, eine mit Büchern, eine verschlossene Kiste, Skier, Skischuhe, Schlitten, ein Bärenfell, ein Schaukelstuhl, ein Spiegel, ein altes Sofa, ein Tisch, ein altes Regal, eine Trage, ein Weihnachtsbaum aus Holz, eine Stehlampe und ein Teppich. Max hat sofort die Idee, ein gemütliches Zimmer aus den Sachen zu machen. Martha setzt Anna auf das Sofa und hilft ihm beim Schleppen und Verrücken. Bald entsteht ein wirklich sehr schönes Spielzimmer. Neben das Sofa wird die Lampe gestellt, der Teppich davor ausgerollt und der Tisch daraufgestellt. Auf die andere Seite stellen sie das Schaukelpferd und das Regal. Das Bärenfell kommt vor den Schaukelstuhl. Die Bilder und die Bücher stellen sie in das Regal. Der Spiegel wird an die Dachschräge gelehnt. Beide sind mit ihrem Werk zufrieden. Sie verkleiden sich und spielen Vater, Mutter, Kind. Wobei Anna immer das Kind ist. Einmal fährt die Familie, im Spiel, in den Skiurlaub, ein anderes Mal auf den Ponyhof. Das Spiel wird nur unterbrochen, wenn ihre Tante oder der Onkel zum Essen rufen. Gleich danach geht es wieder auf den Dachboden und ein neues Spiel beginnt. Seeräuber, Piraten und ein Schatz. Was mag wohl in der verschlossenen Kiste sein? Sie können den Schlüssel einfach nicht finden. Da hat Martha die Idee, im Piratenkostüm einen Überfall bei Onkel und Tante zu machen und den Schlüssel zu erpressen. Gesagt, getan. Es gelingt tatsächlich und sie öffnen die Kiste. Es glitzert und glänzt und ein weihnachtlicher Duft umhüllt sie. Der Weihnachtsschmuck ist schon sehr alt und wertvoll. Martha und Max sind sehr vorsichtig und betrachten alles ganz genau. Christbaumkugeln, glänzende Vögelchen zum Anklipsen, Lametta, Kerzen, Weihnachtsengel, Zimt und Anissterne, Lichterketten und eine Spieluhr, die „Stille Nacht" spielt.

Martha möchte jetzt Weihnachten spielen und das mitten im August. „Warum nicht?", denkt sich Max und sie schmücken den Holzbaum, ziehen die Spieluhr auf und finden tatsächlich eine Steckdose, in der sie die Lichterkette anstecken können. Draußen wird es langsam dunkel und drinnen ist Weihnachten.

Onkel Johannes und Tante Amelie finden Martha, Max und Anna schlafend auf dem Bärenfell, bei „Stille Nacht“ und Kerzenschein.

Den Keller und die Umgebung müssen sie wohl an einem anderen Tag erkunden.

Gute Nacht und schöne Träume.

Alles anders

Ihr erinnert euch an Weihnachten im August, mit Max, M. und Anna?
Dieses Jahr war alles anders. **M**aja war eigentlich immer im März bei **H**anni in Hallstadt, aber dieses Jahr mal nicht, weil Hanni renovierte. Ihre Cousine M. war im August immer in **A**ltkirchen bei Johannes und Amelie. Aber dieses Jahr nicht, weil sie krank war. Deshalb sprang Maja ein. Maja freute sich schon, Max dort zu treffen. Sie schwärmte schon im Kindergarten von ihm. Ein echt cooler Typ. Aber auch Amelie und Johannes waren nicht da, sie hatten geschäftlich zu tun, und mussten verreisen.

Es war einfach alles anders.
Damit die Ferien für die Kinder nicht ausfielen, hüteten **A**nika und Andi das Haus. Max erzählte Maja alles von der letzten Erkundung des Schulhauses, vom Dachboden und den vielen Schätzen und natürlich von Weihnachten im August. Dieses Mal wollte er unbedingt in den Keller. Hierfür mussten sie sich aber ausrüsten. Dieser Keller war kalt, dunkel und sah so aus, als ob er einige Geheimnisse hätte. Max und Maja schrieben eine Liste mit den Dingen, die sie für die Erkundung brauchten. Kleidung, Mütze, Schal, Handschuhe, Seil oder so etwas Ähnliches und Trinken und Essen. An ein Handy brauchten sie gar nicht zu denken, da es da unten sowieso keinen Empfang gab. Das hatte Max bereits ausprobiert. Maja war ziemlich aufgeregt und wusste nicht genau, was sie dort unten erwartete. Sie zog ihren **r**osa Lieblingspullover an und packte ihren Rucksack, den sie immer für Wanderungen dabei hatte.

Anika und Andi sagten sie, dass sie Spielen gingen, verrieten allerdings nicht, dass der Spielplatz der Keller sein sollte. Dort war eigentlich verbotene Zone. Leise schlichen sie sich in den Keller. Ein muffiger Geruch kam ihnen beim Öffnen der Tür entgegen. Kalte Luft war zu spüren und ihre Augen mussten sich erst an die Dunkelheit gewöhnen. Es war ziemlich gruselig. Den Lichtschalter konnten sie nicht finden, deshalb knipsten beide ihre Taschenlampen an und tasteten sich vorsichtig voran. Treppen führten tiefer in den Keller und endeten in einem großen Raum. Dort gab es Regale mit eingemachten Früchten, Weinflaschen, Kohlen, Kartoffeln und zwei riesige Schränke. Max öffnete den ersten Schrank und erschrak fürchterlich. Es blickten ihn wilde **T**iere an und fletschten mit den Zähnen. Maja klammerte sich an Max und konnte vor lauter Angst kein Wort herausbringen. Max nahm allen Mut zusammen und leuchtete erneut in den Schrank auf die Bestien. Es waren aber Gott sei Dank keine echten Tiere, sondern ausgestopfte Tiere: Fuchs, Hase, Habicht, Wiesel und zwei Rehe. Anscheinend wurden diese Tiere früher im Biologieunterricht verwendet. So im Dunkeln konnten sie einem eine ziemlich Angst einjagen. Was für ein Abenteuer!

Nachdem sie sich vom ersten Schreck erholt hatten, öffnete Max vorsichtig den zweiten Schrank und überlegte, was sie wohl dort erwarten würde. Schlimmer konnte es wohl nicht werden, aber damit hatte er gar nicht gerechnet: Kaum hatte er die Tür geöffnet, flog ihm ein Skelett entgegen. Maja schrie und stolperte rückwärts über eine Kiste, die sie nicht gesehen hatte. Dabei verletzte sie sich den Fuß. Ein stechender Schmerz brachte sie zum Schreien und Weinen. Max war unter dem Skelett begraben und schrie ebenfalls und fuchtelte mit den Armen, um sich zu befreien.

Anika und Andi hatten die beiden bereits gesucht und hörten nun die Schreie aus dem Keller. Sie fanden Max und Maja und sahen die Bescherung. Andi befreite Max vom Skelett und Anika, die Maja immer ihren Augenstern nannte, nahm diese in den Arm.

Nachdem sich alle von dem Schock erholt hatten, holten Max und Andi eine Trage vom Dachboden und transportierten Maja damit ins Wohnzimmer. Ihr Fuß war etwas geschwollen, aber Anika wusste, dass bestimmte Pflanzen helfen konnten. Sie machte ihr einen Umschlag mit Arnika und zwei Tage später konnte Maja schon wieder durch die Gegend hüpfen.
Max und Andi holten die Tiere und das Skelett aus dem Keller. Der benachbarte Förster erzählte ihnen eine Menge über die im Wald lebenden Tiere und sie hatten das Gefühl, alles hautnah erleben zu können. Auch das Skelett betrachteten sie sich genau und lernten aus einem Buch, wie die Knochen hießen und wie ihre Bedeutung war.

Nach den Ferien hatten sie eine Menge zu erzählen. Maja berichtete alles ihrer Cousine M. und ihren Eltern und für die nächsten Ferien wollten sie alle wieder ins alte Schulhaus und neue Entdeckungen machen.

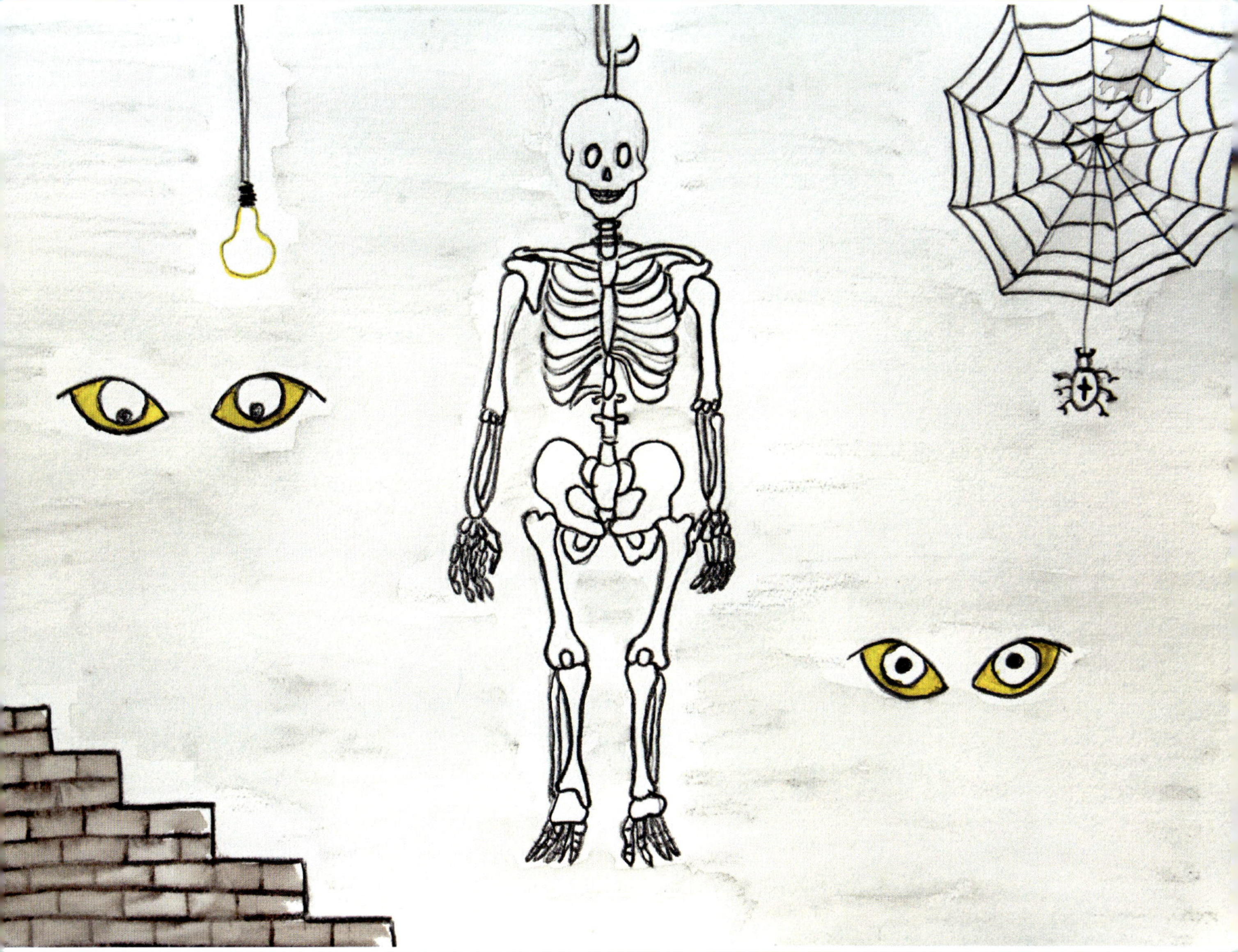

Der Drache

Leon ist gerade mit seinen Eltern und seiner Schwester umgezogen. Raus aus der Stadt, in einen Vorort. Sie haben dort ein großes Haus mit einem wunderschönen alten Baum. Endlich hat Leon sein eigenes Zimmer, er muss es nicht mehr mit seiner Schwester teilen. Endlich hat er genug Platz für seine Spielsachen. Er liebt es, mit seinen Legosteinen zu bauen und seine Werke stehen lassen zu können, ohne dass sie von seiner Schwester kaputt gemacht werden. Sein Zimmer, sein Reich. Vor seinem Fenster reichen die Äste des alten Baumes fast bis zum Haus. Jeden Morgen sitzt ein **R**abe dort und beobachtet Leon beim Spielen. Leon nimmt vom Frühstückstisch immer ein paar Brotkrumen mit und legt sie auf das Fensterbrett für den Raben, den er Rudi nennt. Rudi wird bald sein bester Freund. Er wartet jeden Morgen auf seine Leckerbissen.

An einem Regentag baut Leon aus seinen **L**egosteinen einen riesigen **D**rachen, der Feuer speien kann. Er hat Krallen, einen mächtigen Schwanz und große, breite Flügel. Auf seinem Rücken sitzt ein **N**inja-Kämpfer, mit einer **A**rmbrust bewaffnet.

Leon träumt davon, dass er der Ninja-Kämpfer wäre und mit dem Drachen die Welt erobern könne. Aber leider kann der Drache in seinem Traum nicht fliegen, weil er es nie gelernt hat. Da kommt Rudi ins Spiel, er ist ein ausgezeichneter Flieger und bietet an, dem Drachen Flugstunden zu geben. Der Drache lernt schnell und auch Leon muss lernen, auf dem fliegenden Drachen zu reiten und nicht herunterzufallen. Aber auch das ist kein Problem, da die Ninja-Kämpfer ja außerordentliche Fähigkeiten besitzen. Schon bald zieht er mit seinem Drachen und Rudi los, die Welt zu erobern. Sie fliegen über Wälder und Wiesen, über Wüsten und Steppen. Sie sehen **E**lefanten, Zebras, Löwen, Eisbären, Tiger und Flugsaurier.

Die Flugsaurier finden es gar nicht lustig, dass ein fremdes Wesen in ihren Luftraum eindringt. Zumal noch ohne Genehmigung. Sie greifen Leon und Rudi an. Mit ihren spitzen Schnäbeln versuchen sie Leon vom Drachen zu schubsen. Der muss alle seine Ninja-Kräfte sammeln, um sich festzuhalten und nicht abzustürzen. Rudi wird auch attackiert und Leon versucht verzweifelt, die Situation unter Kontrolle zu bekommen. Der Kampf geht eine Weile, aber irgendwann verlassen ihn die Kräfte. Er kann Rudi nicht mehr sehen und fällt, nachdem er die Armbrust verloren hat, vom Drachen in die Tiefe. Er denkt, jetzt sei alles aus.

Bevor er aufprallt, wacht Leon auf. Er liegt in seinem warmen, weichen Bett. Rudi ist etwas zerzaust und sitzt auf dem Fensterbrett. Der Drache hat einen gebrochenen Flügel und steht auf dem Regal.

Gott sei Dank nur ein Traum. Den muss er unbedingt seiner Schwester erzählen, die im Wohnzimmer vor dem **O**fen sitzt. Sie findet, dass Leon diesen spannenden Traum unbedingt aufschreiben sollte und vielleicht könnte er dann auch die nächste Nacht daran weiterträumen. Leon findet, dass dies eine ausgezeichnete Idee sei und tut das auch sofort. Er überlegt dann noch, wenn sich tatsächlich die gebauten Teile verwandeln und er die nächste Schlacht gewinnen möchte, welche Strategie er dann verfolgen sollte. Einen noch größeren Drachen bauen? Oder vielleicht viele kleinere und dafür ganz viele? Schließlich waren die Flugsaurier auch ganz viele und haben deshalb gewonnen. Leon entschließt sich, ganz viele kleine zu bauen und wartet gespannt, was in der nächsten Nacht passieren würde. Mal sehen, wer dieses Mal gewinnt.

Bei dem Gedanken „gemeinsam sind wir stark" schläft Leon ein und träumt. In diesem Traum ist er der Anführer einer ganzen Drachenflotte und natürlich gewinnen sie gegen die Flugsaurier. Leon hat noch ganz viele Träume, mal gewinnt er, mal verliert er, aber der schönste Traum ist der, bei dem die Flugsaurier keine Feinde mehr sind, sondern Freunde. Sie zeigen ihm neue Flugtechniken, das Land, andere Dinosaurier und sie haben viel Spaß mit einander.
Freundschaft ist etwas ganz Besonderes.

Viola

In dieser außergewöhnlichen Geschichte kommen ganz viele schöne Wörter vor: **L**ama, **I**nternet, Italien, Ines, Idee, Vertrauen, violett, Ananas und Ausflug.

Und so geht es los.
Ines wollte schon immer ein Haustier haben, aber nicht so etwas langweiliges Normales wie ein Kaninchen, einen Hamster, Vögel, Fische, einen Hund oder eine Katze. Nein, es sollte schon etwas ganz Besonderes, Außergewöhnliches sein.

Sie bat ihren Vater, der ein Globetrotter war, ihr von seinen vielen Reisen um die Welt ein besonderes Tier mitzubringen oder zu schicken, da sie sich nicht oft sahen. Wie gewünscht, so erfüllt. Eine seiner Reisen führte ihn von Europa nach Südamerika. Dort fand er das besondere Tier und schickte es per Schiff nach Hause zu Ines. Das Geschenk befand sich in einer großen Kiste, die zuerst in Genua in Italien landete. Von dort aus ging es mit dem Zug nach Deutschland.

Ines war außer sich vor Freude, als ein großer Lastwagen vor ihrer Tür hielt und eine große Kiste mit Löchern darin auslud. Auf der Kiste stand ihre Adresse und der Absender war ihr Papa. Ebenso befand sich auf der Kiste noch ein großer Aufkleber: VORSICHT beim Öffnen. Doch Ines war so aufgeregt, dass sie so schnell wie möglich die Kiste öffnen wollte und das VORSICHT-Schild nicht beachtete.

Als sich der Deckel hob, sah sie nur einen lila Schleimbatzen, der mitten in ihrem Gesicht landete. Jetzt wusste sie, warum man vorsichtig sein sollte. Nachdem sie wieder sehen konnte, traute sie ihren Augen kaum: Da stand ein Tier, **V**iolett, mittelgroß, mit einem langen Hals, vier Beinen, einem netten Gesicht und spuckte ständig. Ein violettes, spuckendes Lama. So etwas hatte sie noch nie gesehen und war völlig begeistert. Sie musste sich natürlich erst einmal das Vertrauen dieses seltsamen Tieres erwerben. Sie machte sich im Internet schlau, was so ein Tier zu fressen bekommt und wie man es behandelt. Es wird wohl kaum **I**ngwer und **A**nanas fressen, diese Dinge hatten sie immer zu Hause. Bald waren die beiden unzertrennlich. Ines nannte das Lama Viola – von violett und Lama. Was allerdings ein wenig lästig war, war die Spuckerei. Lamas spucken, wenn sie angefasst werden oder sich bedroht fühlen. Nachdem Viola so schön lila und kuschlig war, wollten sie alle anfassen und das hatte natürlich Auswirkungen: lila Gesichter, lila Pullover, lila Brillen und noch vieles mehr.

Wenn sie sich mit ihren Freunden traf, bekam Viola einen Spucknapf, weil ihre Freunde sonst übersät mit lila Flecken nach Hause kamen und deren Eltern das gar nicht lustig fanden. Ines sammelte die Spucke und malte damit den Gartenzaun an. Das hielt wunderbar und sah auch noch schön aus, fand sie. Eines Tages hatte sie eine Idee. Bei einem Ausflug mit dem lila Lama bemerkte sie indes, dass Viola wirklich super weit spucken konnte und sie überlegte sich, einen Spuckwettbewerb zu veranstalten. Gedacht, getan. Sie malte lila Plakate und hing diese überall auf. Sogar die Zeitung und das Fernsehen bekamen das mit und so wurde es ein internationales Spektakel. Weitspucker aus der ganzen Welt versammelten sich und spuckten, was das Zeug hielt. Das war etwas völlig Neues, so etwas hatte es noch nie gegeben. Keiner konnte jedoch soweit spucken wie Viola, die dadurch sehr berühmt wurde. Ines und ihr Lama wurden zu den wildesten Spuckwettbewerben auf der ganzen Welt eingeladen. So lernten sie die unterschiedlichsten Menschen kennen. Es war eine wunderbare Zeit.

Es entstanden viele lila Kunstwerke, Zäune, Häuser, Bilder, Fassaden, Kleider und noch vieles mehr. Ines wurde berühmt für ihre lila Kunstwerke und Viola wegen des Spuckens.

Und wenn dem lila Lama nicht die Spucke ausgegangen ist, dann spuckt es noch heute und es gibt viele violette Dinge auf der Welt.

Normal sein kann jeder

Alle nannten sie Peppa, manchmal auch Wutz. Das hat aber nichts mit **P**eppa Wutz, der witzigen Comicfigur zu tun, die ihr bestimmt alle kennt.

Peppa ist ihr Kosenamen, von Peppalina, und Wutz kommt von Schweinchen. Peppa war einfach eine kleine Wutz. Vor allem, wenn sie **A**pfelsaft so hastig trank, dass er ihr über das Kinn auf den Pullover tropfte. Oder das **N**utellabrot nicht nur in ihrem Mund, sondern auch im Gesicht, an den Händen, Ohren, Haaren und auf der Hose landete. Peppa sah nach dem Frühstück schon so schmutzig aus wie andere nach einem ganzen Tag. Das machte ihr aber überhaupt nichts aus und ihren Freundinnen Lara, Eva und Nele auch nicht. Peppa war natürlich die Anführerin und dachte sich witzige Spiel aus: Kringeliglachen, Stolperspringen, Dauerkitzeln und unbedingt Eimerhüpfen.

Ihr Lieblingswort war „**u**nbedingt" und so folgte fast jedem zweiten Satz das Wort, unbedingt. Wenn Lara fragte, ob sie Popo rutschen spielen sollten, sagte Peppa „unbedingt", und wenn Nele einen Popelwettbewerb machen wollte, sagte Peppa wieder „unbedingt".

Sie wollte auch unbedingt jede Nacht in dem **I**ndianerzelt schlafen, das in ihrem Zimmer stand. In einem normalen Bett zu schlafen, war für Peppa einfach zu normal. Normal konnte jeder, aber anders sein war manchmal wirklich schwer. Für Peppa natürlich nicht, weil anders sein für sie normal war. So hatte sie auch kein normales Haustier wie ihr Opa, der einen Hund namens **L**issy hatte, sondern ihre Haustiere waren ein Pfau und ein Igel. Beide passten nicht besonders gut zusammen, aber jedes Tier für sich war für Peppa schön. Natürlich „unbedingt" schön. Der Pfau begleitete sie überall hin und schlug dann ein Rad, wenn er sehr aufgeregt war und das war so ziemlich ständig der Fall, da das Leben mit Peppa fast immer aufregend war, unbedingt. Der Igel hingegen versteckte sich fast den ganzen Tag im Gebüsch und ließ sich nur sehen, wenn Peppa ihn rief. Und das tat sie, wenn sie Igelballwerfen mit ihren Freundinnen spielen wollte. Peppa wusste natürlich, dass man keinen echten Igel werfen durfte, weil man Tiere nicht quälen darf. Deshalb holte sie einen Igelball aus ihrer Spielkiste und der Igel schaute zu. Er rollte sich zu einem Ball ein und kullerte über die Erde. Der Igelball hatte kleine Stacheln und jedes Mal, wenn eines der Kinder ihn fing, pikste es in die Finger und Hände. Es kribbelte und juckte. Sie schrien, kreischten, lachten laut und riefen, „nochmal" und Peppa sagte, „unbedingt".

Sie wollte auch unbedingt einmal allein mit der **E**isenbahn zu ihrer Tante Anika fahren, aber leider durfte der Pfau nicht mit und deshalb blieb auch Peppa zu Hause. Zu Hause war es ihr manchmal etwas langweilig, gerade dann, wenn ihre Freundinnen keine Zeit hatten, deshalb musste sie sich etwas Verrücktes ausdenken.

Eine Verschwinde-Maschine, ja unbedingt. Wenn man hineinging und sich einmal drehte, dann kam man ganz woanders wieder raus. Da könnte sie auch ihren geliebten Pfau mitnehmen und sich dann zu Tante Anika wünschen. Was für eine tolle Idee. Irgendwann einmal möchte Peppa Erfinderin werden und dann ihren Traum wahr werden lassen. Aber das wird wohl noch eine Weile dauern.

Vielleicht in der nächsten Geschichte.

Elfenstaub

Am Anfang war alles leicht. Eine kleine Elfe, die wie ein blonder Engel aussah und ein wahrer Naturgeist war, ist die Hauptdarstellerin in dieser Geschichte. Ihre Haut wie **A**labaster, ihre Haare lockig und weich, kleine durchsichtige Flügel und ein seidiges Gewand, das im Wind wehte und sie sehr kleidete. Sie wurde im Zeichen des Krebses geboren und lebte an einem unbeschreiblich schönen Ort. Hoch in den Bergen, dem Himmel nah, mit Blick auf das glitzernde Meer. Der Weg dorthin war beschwerlich und konnte nur von Auserwählten erklommen werden. Die kleine Elfe war leicht wie eine Feder und voller **L**iebe. Ihr Lächeln verzauberte alle Wesen um sie herum. Es gab keinen Ärger, keinen Neid, keine bösen Gedanken und keine schlechten Wünsche. Alles war friedlich und schön. So lebte sie lange glücklich wie eine Prinzessin auf ihrem Berg. Im Tal lebten Zwerge, Riesen, böse Hexen, Wesen, die nicht verzeihen konnten, und viele grausige Tiere. Keiner hatte es bisher gewagt, den Berg der kleinen Elfe zu betreten. Es war nur guten Wesen erlaubt, in das Reich der Elfen und Feen zu gelangen. Und bisher hatte die kleine Elfe ihr Reich auch noch nicht verlassen. Sie hatte viel Achtung vor den Pflanzen, Tieren und vor den anderen Wesen.

Natürlich war sie auch ein wenig neugierig und verwegen. Mit ihren Flügeln konnte sie fliegen wie ein **V**ogel, was sie eines Tages dazu brachte, einen Ausflug in die andere Welt zu unternehmen. Sie war ziemlich verdutzt, wie laut und verschieden die andere Welt war. Dort war es dunkel, kalt, stürmisch und dreckig. Die Wesen untereinander mochten sich nicht, sie waren grimmig und gemein zueinander. Jeder dachte nur an sich und sie zogen Zäune und verschlossen ihre Häuser und Höhlen, damit niemand eindringen konnte. In ihrer Welt dagegen war es hell, warm, Musik wie von Mozart und Vivaldi klang durch die Lüfte und alle liebten sich, die Ameise und der Albatros, die Alpenrose und der Ahorn. Die kleine Elfe war sehr verwirrt und erstaunt, dass es zwei so unterschiedliche Welten geben konnte und fragte sich, ob man auch das Glück vom Berg ins Tal bringen könnte. Sie war eine Träumerin und große Aktivistin, wenn sie etwas wollte. Der Gedanke, das Glück ins Tal zu bringen, wurde immer größer und bald nicht mehr wegzubringen aus ihrem attraktiven Köpfchen. Wenn sie so grübelte, dann überkam sie ein großer Hunger. Hunger nach einem Apfel, denn der war eine ihrer Lieblingsspeisen. Als gute Kletterin stieg sie auf einen Apfelbaum und holte sich einen. Sie aß den Apfel bis auf die Kerne auf, diese steckte sie in die Erde, sodass schöne Apfelbäume wachsen konnten. Doch dieser **A**pfel war ein besonderer Apfel, nicht nur, dass er süß und saftig war und wunderbar schmeckte, nein, er war einfach anders. Natürlich waren auch seine Kerne anders als normale Apfelkerne. Sie wuchsen über Nacht zu einem wunderschönen Baum voller Blüten und Früchte. Der Wind wirbelte den Blütenstaub hinab ins Land der Elfen und Feen. Jeder, der den Blütenstaub einatmete, wurde plötzlich noch fröhlicher und sonderbar glücklich. Die kleine Elfe war begeistert und wusste sofort, dass sie diesen Blütenstaub ins Tal streuen musste, um auch dort die Lebewesen glücklich zu machen. Gedacht, getan. Sie sammelte ganz fleißig und behutsam den Blütenstaub von dem Bäumchen in ein Säckchen, flog über das Tal und schüttelte den Staub hinab.

Es war wie ein Wunder. Erst niesten alle und rieben sich die Augen und die Nase, dann erhellten sich ihre Gesichter und sie wurden freundlich und liebevoll miteinander. Sie verziehen, was zu verzeihen war und sie besuchten sich gegenseitig. Der kleinen Elfe war es gelungen, mit ihrem Elfenstaub die Welt zu verändern. Jedes Mal, wenn sie feststellte, dass die Lebewesen wieder mürrisch und unzufrieden wurden, sammelte sie schnell den Blütenstaub des wunderbaren Bäumchens ein und wiederholte ihre Tat. Die kleine Elfe war nun die Hüterin des Glücks und der Zufriedenheit und das sollte auch so bleiben.

Wenn ihr auch so eine kleine Elfe habt, dann behütet und beschützt sie und gebt ihr Liebe und Glück, dann wird es sich vermehren.

Der verrückte Einkaufsladen

Sie mag **S**onnenblumen, **E**inhörner, Äpfel und Igel. Was sie nicht mag, ist der Einkauf bei **R**ewe. Ihren Namen werdet ihr erst ganz zum Schluss erfahren.

Von ihren Eltern wird sie **F**rechdachs genannt, weil sie immer etwas anderes macht, als sie soll. Auf jede Bitte antwortet sie grundsätzlich mit „nein". So zum Beispiel, wenn ihre Mutter sagt: „Bitte zieh dich an!", sagt sie: „Nein!". „Kannst du mir helfen?" „**N**ein!" Das sind aber auch Dinge, die sie gar nicht gerne macht. Anziehen findet sie ziemlich doof. Am liebsten würde sie immer ihren Schlafanzug anbehalten, er ist bequem. Und wer sagt eigentlich, dass man damit nicht einkaufen oder in die Schule gehen kann? Es ist ihr nämlich ziemlich egal, was die anderen denken. Sie hätte am liebsten nur Schlafanzüge zum Anziehen. Einen mit einem Einhorn darauf, einen mit einem **I**gel, einen mit einer Affenbande und natürlich einen mit einer Sonnenblume. Das würde ihr sehr gut gefallen. Leider wollen ihre Eltern nicht, dass sie mit einem Schlafanzug zum Einkaufen bei Rewe mitkommt, deshalb mag sie auch nicht dort einkaufen gehen. Weil sie aber nicht alleine zu Hause bleiben darf, muss sie mit.

Aus diesem Grund denkt sie sich während des Einkaufens verrückte Sachen aus.
Beim letzten Einkauf war das der **A**ffenalarm. So stellte sie sich vor, dass aus jeder Packung ein Affe herauskam. Die Affen waren einfach überall, manche verkleideten sich und andere fuhren ganz wild mit den Einkaufswagen durch die Gänge. Es war das totale Chaos und die anderen Leute duckten sich und versteckten sich unter den Kleiderständern und in den Regalen. Die Affen schwangen sich von Regal zu Regal und probierten alles aus, warfen Kartons auf den Boden und einen Apfel umher. Sie brüllten und schmissen alles wild durcheinander. Das war herrlich und sie konnte sich gar nicht satt sehen. Natürlich trug sie dabei ihren Affenbanden-Schlafanzug und wurde von den Affen als Mitglied akzeptiert.

Bei einem anderen Einkauf hatte sie die Vorstellung, dass ein wild gewordenes Einhorn aus einer Cornflakesschachtel herauskam und durch die Gemüseabteilung raste. Es spießte Obst und Gemüse auf sein Horn: **A**pfel, Orange, Kohlrabi, Karotte und einen Kohlkopf. Es sah aus wie ein Obst- und Gemüsespieß. Nur sie alleine konnte das Einhorn beruhigen, einfangen und wieder in die Cornflakesschachtel stecken.

Wieder ein anderes Mal stellte sie sich alle Menschen als Tiere vor. Die Dicken waren Elefanten oder Nashörner, die Dünnen waren Gazellen oder Rehe, die Großen waren Giraffen und die kleinen Menschen waren Mäuse. Die Giraffen konnten aus den obersten Regalen alles holen, die Elefanten und Nashörner blockierten die ganzen Gänge und die Rehe und Gazellen hüpften über alle Stände hinweg, die Mäuse dagegen waren einfach überall. Es war laut und stank sogar ein wenig, weil alle ihre Haufen hinmachten. Der Frechdachs fühlte sich wie im Dschungel und das machte richtig Spaß.

Sobald sie an der Kasse ankamen, war der Spuk auch wieder vorbei. Alles war wieder normal und der Einkauf war fertig. So konnte sie es aushalten und freute sich sogar ein wenig auf den nächsten.

Zu Hause angekommen, zog sie sofort wieder einen ihrer Schlafanzüge an. Tatsächlich hatte sie auch einen mit ihrem Namen darauf, der aber nicht sofort erkennbar war. Den musste man erst herausfinden. Auf dem Schlafanzug waren unterschiedliche Begriffe abgebildet:
Sonne, Einhorn, Regenschirm, Apfel, Fisch, Igel, Nagel, Affe.
Nimm die Anfangsbuchstaben, dann weißt du, wie sie heißt.

Wenn sie diesen Schlafanzug anhatte, dann war sie ganz sie selbst und fühlte sich pudelwohl.
Sei wie du bist und nimm die anderen, so wie sie sind.

Eine ganz besondere Schule

Jul wohnt in Norwegen und sitzt an seinem ersten Schultag im Bus. Er ist noch sehr müde, weil er sehr früh aufstehen musste, da seine Schule eine Stunde Fahrt von seinem zu Hause entfernt ist. Kurz nach der Abfahrt schläft er deshalb ein.

In seinem Traum befindet er sich in einer Schule. Es ist aber keine normale, sondern eine besonders spannende, ganz außergewöhnliche Schule. Die Lehrer sehen dort auch nicht aus wie Lehrer sonst aussehen, sondern wie **L**loyd Ninyago oder **S**piderman. Jul findet das ziemlich aufregend und cool. Nachdem er Lloyd Ninyago besonders toll findet, wünscht er sich, dass dieser sein Klassenlehrer wird. Die Schülerinnen und Schüler haben keine Schuluniform an, wie zum Beispiel in England, sondern sind alle ganz bequem gekleidet, mit **J**ogginghose, Sweatshirt und Turnschuhen. Auf dem Stundenplan stehen zusätzlich zu den normalen Fächern, wie Deutsch und Mathe, auch noch **U**ngeheuer- und Drachenlehre, Schlangenkunde, Rittertraining, Tierkunde, SoSe (Soziales und Sensibles) und wie man am besten Quatsch machen kann. Wow, das gefällt Jul und er ist schon ganz gespannt auf den Unterricht.

Das Klassenzimmer ist hell und freundlich, mit bequemen Sofas, Hängestühlen, Tischgruppen und einer Tafel. Es sind nur 10 Schüler in einer Klasse.

Die erste Stunde ist Tierkunde und von Lloyd Ninyago erfahren sie alles über die schnellsten Tiere auf der Erde. Eines davon ist der Jaguar. Er ist Juls Lieblingstier, weil er so **u**nglaublich schnell ist und noch so schön dazu. Er weiß schon ziemlich viel über das Tier, kann jedoch noch ganz viel dazulernen. Er ist sehr **i**nteressiert und Lloyd Ninyago hat sogar ein lebendes Exemplar mitgebracht.

In der zweiten Stunde gehen sie auf den Drachenplatz. Es ist ein großer Platz mit Felsen, Höhlen und großen, übermächtigen Bäumen. In den Höhlen leben Ungeheuer und Drachen, die alle angekettet sind. Einige von ihnen sind höchst gefährlich und Jul lernt die Namen der Tiere und ihre Eigenschaften und wie man sie bezwingen kann. Später einmal werden sie gegen diese kämpfen müssen.

Nachdem Jul selbst sehr sensibel und sozial eingestellt ist, fällt ihm auch die dritte Stunde mit SoSe nicht schwer. Er kann sich gut in andere einfühlen, spürt, wenn es jemanden nicht gut geht und kann für andere da sein. Das ist die Voraussetzung für ein gutes Miteinander und das soll in dieser Stunde gelernt werden. Spiderman ist hier ein guter Lehrer.

Beim Rittertraining müssen alle Rüstungen anziehen und mit Schwertern umgehen lernen. Das ist ziemlich anstrengend und verlangt eigentlich nach einer Pause.

Doch danach folgen Deutsch und Mathe. Zuerst sollen sie ihren Namen schreiben, aber nicht von links nach rechts, sondern von hinten nach vorne. In Mathe gibt es eine riesige Zahlenpyramide im Hof, die sie mit Seilen und Pickeln erklimmen sollen. Oben angekommen, müssen sie eine Aufgabe bearbeiten und das nicht alleine, sondern in der Gruppe. Erst nach Erfüllung der Aufgabe kommen sie wieder über eine Rutsche zum Boden.

Danach ist endlich Pause angesagt. Die Mädchen und Jungs versammeln sich und bekommen Leckereien zum Essen: Pudding, Eis, Pommes und alles, was sie sich wünschen.
Zeit zum Spielen gibt es danach.

Jul hat sich schon immer Freunde gewünscht, mit denen er Quatsch machen kann. Das ist an dieser Schule nicht schwer, weil ein Unterrichtsfach ja Quatsch machen ist und die anderen das schon super beherrschen. So passiert es ganz schnell, dass sich die Kinder gegenseitig Grimassen zeigen, pupsen, stupsen und kichern und einen Quatsch nach dem anderen machen. Plötzlich ruckelt es und jemand weckt ihn auf. Oh nein, mitten in diesem schönen Traum! Erst jetzt merkt Jul, dass er alles nur geträumt hat und wünscht sich innig, dass sein erster Schultag auch ein wenig spannend wird.

Es gibt zwar keinen Lloyd Ninyago und keinen Spiderman an der Schule, aber die Lehrerinnen und Lehrer sind nett und die anderen Schüler auch.

Als Jul an diesem Tag nach Hause kommt, erzählt er erst seiner Schwester von seinen Erlebnissen. Am Abend kuschelt er sich dann mit seiner Mama unter die Decke und erzählt ihr von seinem tollen Traum und der besonderen Schule.

Eine solche Schule würde bestimmt vielen Kindern gefallen. Wir hoffen, du bist oder kommst auch auf eine schöne, spannende und gute Schule.

Das Einhorn

Malen ist etwas Wunderbares. Das findet auch Emmy. Sie liebt die schönen Malstifte, die unterschiedlichen Farben und das Gefühl, eine neue Welt auf Papier erschaffen zu können. Sie malt leidenschaftlich gerne und am liebsten Einhörner in allen Farben und Größen. Was alle natürlich gemeinsam haben, ist das Horn auf der Stirn, die prächtige Mähne und der buschige lange Schweif. Am besten gefällt ihr das lila Einhorn mit goldener Mähne, goldenem Horn und dem goldenen Schweif. Ja, das ist ihr wirklich gut gelungen.

Wenn sie malt, stellt sie sich vor, auf dem Einhorn zu reiten und über die Prärie zu sausen. Dort trifft sie Yakari mit seinem braunen Pferd. Den findet sie nämlich ziemlich gut und beide sind richtige Freunde. Sie verbringen den ganzen Tag und die Nacht miteinander. Er bringt ihr bei, wie man Feuer macht, welche Beeren essbar und welche Pflanzen giftig sind, wie man eine Hütte baut und wie man sich vor wilden Tieren schützt. Sie reiten zum Fluss, um dort zu baden und Fische zu fangen, die sie dann am Abend am Lagerfeuer braten. Vor dem Schlafengehen erzählen sie sich noch ein paar Abenteuergeschichten. Emmy bringt ihm das Lesen, Schreiben und auch das Malen bei.

Ja, so stellt sie sich das vor. Ihre Zeichnungen werden in ihrer Fantasie lebendig und sie hat das Gefühl, mittendrin zu sein. Deshalb malt sie das Einhorn auch immer an verschiedenen Orte, einmal im Zauberwald, ein anderes Mal am Meer oder in der Wüste, sogar am Südpol, wo es Eisbären und Iglus gibt. Das Einhorn passt sich der Umgebung an, manchmal ist es sogar schwer, das wunderschöne Tier zu entdecken. Im Zauberwald ist es regenbogenfarben, in der Wüste sandfarben, am Nordpol weiß wie Schnee und am Meer hat es ein zartes Blau. Was sich nicht verändert, sind die goldenen Teile: Horn, Mähne und Schweif. In ihrer Fantasie gibt es natürlich auch andere Tiere und Wesen, die auf das Einhorn eifersüchtig sind und etwas von den goldenen Teilen abhaben möchten. Im Zauberwald zum Beispiel leben Kobolde, die den ganzen Tag auf der Suche nach dem Einhorn sind, um es zu fangen und ihm die goldenen Teile abzuschneiden. Am Südpol muss es sich vor den hungrigen Eisbären in Acht nehmen, die das Einhorn fressen möchten. Am Meer gibt es gierige Fische und Sandflöhe. In der Wüste leben Giftschlangen, die zubeißen, wenn jemand auf sie drauftritt. So lauern überall Gefahren und Emmy ist froh, dass Yakari an ihrer Seite ist. Wenn es gefährlich wird, ist er einfach immer zur Stelle und weiß, was zu tun ist. Das ist für Emmy sehr beruhigend. In dieser Gewissheit kann sie sich mit ihren Einhörnern auf der ganzen Welt bewegen und sie überall hinmalen.

Bald hat Emmy ein ganzes Buch voller Zeichnungen mit Einhörnern. Sie lernt dabei einiges über die Länder und Sitten, denn bevor sie das Einhorn in ein Land malt, erkundigt sie sich über dieses Land, dessen Bewohner und ihre Sitten und Bräuche. Bald kommen zu den einzelnen Bildern auch noch Texte hinzu. Es wird ein wunderschönes Buch und sie fängt an, die Geschichten zu erzählen oder vorzulesen. Alle sind begeistert, die Kinder im Kindergarten, die Lehrerinnen und Lehrer in der Schule, ihre Eltern und Großeltern und auch ihre Freunde.

Natürlich auch Yakari.

Ich wünsche auch dir so viel Fantasie und gute Freunde, die dich überall hinbegleiten und an deiner Seite sind.

Nimmersatt

Nimmersatt wurde im November geboren. Er war ein kleiner Esel mit wunderbarem Fell und ganz schönen dunklen Augen. Er war aufgeweckt und neugierig und weil er einfach nicht satt zu kriegen war, wurde er Nimmersatt genannt. Er verhielt sich auch nicht wie ein Esel, sondern eher wie eine Ziege, die alles anlecken musste. Außerdem hatte er richtige Anfälle, bei denen er wild und hemmungslos herumsprang.

Lara, die bei seiner Geburt dabei sein durfte, fand ihn den allerschönsten Esel, den sie je gesehen hatte. Beide wurden unzertrennlich. Sie schlief sogar bei ihm im Stall, eingehüllt von einer Decke, das Stroh als Bett. Sie hatte Nimmersatt sehr, sehr lieb und verbrachte jede freie Minute mit ihm. Lara striegelte ihn, sorgte für sein Futter, führte ihn aus und erzählte ihm Geschichten. Dabei war er immer sehr entspannt und ruhig. Ansonsten gab es viel zu entdecken für den kleinen Esel: bunte Blumen im Garten, Gemüse, Bäume, den Teich hinter dem Haus, andere Tiere – Hühner, Schafe, Ziegen und Kühe. Alles musste er beschnuppern und mit seiner Zunge ablecken und probieren. Manches schmeckte bitter, salzig, süß oder aber grässlich. Wenn er etwas Grässliches erwischte, dann schleuderte er die Hinterbeine nach oben und drehte sich im Kreis. Mit den Vorderpfoten versuchte er seine Schnauze zu erwischen und man hörte ein andauerndes I-A, I-A, I-A. Danach steckte er den Kopf in den Sand oder Dreck und sah hinterher urkomisch aus. Lara lachte sich kaputt, wenn so etwas geschah. Aber weil Nimmersatt immer alles probierte, kam das natürlich sehr häufig vor. Im Gegensatz zu Lara mochten es die anderen Tiere nicht, ständig von ihm abgeleckt zu werden. Sie rannten vor ihm davon und Nimmersatt hinterher. Wo er auftauchte, gab es Gegacker, Gebell, Gewieher und Geschnatter. Er fand es ein lustiges Spiel und konnte nicht genug davon bekommen.

Laras Eltern fanden es gar nicht witzig, wenn er die anderen Tiere so herumhetzte. Die Hühner legten keine Eier mehr und der Hund bellte ständig. Das war einfach zu viel, deshalb entschieden sie sich, Nimmersatt einzusperren. Er bekam ein eingezäuntes Stückchen auf der Koppel, in dem er ganz allein herumtoben konnte. Lara und er fanden das gar nicht gut, aber die Eltern ließen sich nicht erweichen. Sie wollten dem übermütigen Esel Manieren beibringen. Er sollte die anderen Tiere respektieren und aufhören, alles und jeden abzulecken. Lara dagegen fand es besonders, wenn er mit seiner rauen Zunge über ihre Hand leckte, es fühlte sich seltsam schön an.

Mittlerweile war es schon Dezember, Schnee fiel und es wurde bitterkalt. Nimmersatt bekam eine Box im Stall und Lara erzählte ihm von der Weihnachtsgeschichte, die sie jedes Jahr zu Weihnachten vorgelesen bekam. Dort kam auch ein Esel vor, der die Maria und das Christkind trug und zum Stall brachte. Lara wollte schon immer mal bei dem Krippenspiel mitmachen und am liebsten mit Nimmersatt. Deshalb entschied sie sich, mit ihm zu trainieren: Sie ritt auf ihm, führte ihn und versuchte ihm all das beizubringen, was er im Krippenspiel machen sollte und was ein Esel so macht. Ein Jahr lang übten die beiden, Lara den Text für das Krippenspiel und Nimmersatt, ein Esel zu sein. Nur wenn er ganz allein auf der Koppel war, sprang er hemmungslos herum und so sollte es auch bleiben.

An Weihnachten waren beide beim Krippenspiel und es wurde das schönste Krippenspiel seit Jahren. Es war ein voller Erfolg, einfach toll, und alle waren ganz begeistert. Lara, die einen Engel spielte, ließ Nimmersatt an allem schnuppern und schlecken, bevor das Publikum kam. Zärtlich leckte er die Hand von Eva, die die Maria spielte und von Josef, der tatsächlich Josef hieß, und dem Jesuskind. Der Ochse ließ es sich auch gefallen, dass Nimmersatt mit seiner Zunge über seine Wange strich. Die Krippe roch gut nach Heu und Stroh und es gab reichlich zu fressen. Es bestand also kein Grund, unangemessen herumzuhampeln. Alles war bestens und Nimmersatt und Lara froh und glücklich.

Nun konnte Weihnachten kommen und Nimmersatt durfte mit den anderen Tieren im Stall feiern. Auch wenn man ein wenig anders ist, gehört man dazu.

Frohe Weihnachten.

Ein Floh im Ohr

Elsa wurde an einem bitterkalten, eisigen Tag im Januar geboren. Das ganze Land war überall mit Eis bedeckt, an den Fenstern hatten sich wunderschöne Eisblumen gebildet und die Schneeflocken tanzten durch die Luft. Die Eisprinzessin war voll in ihrem Element. Ihre Mutter liebte diese Jahreszeit und die schönen Geschichten rund um die **E**isprinzessin Elsa, deshalb hatte sie ihre Tochter auch so genannt. Elsa war in eine Hamsterfamilie hineingeboren, ein kleines Hamstermädchen. Im Winter lebte die Familie in ihrem Bau unter der Erde. Es gab dort verschiedene kleine Höhlen, Vorratsräume und Gemeinschaftsräume. Die Winterzeit war die stille Zeit, sie genossen es, sich Geschichten zu erzählen, zu schlafen und andere Dinge zu tun. Auch Elsa liebte Eis in allen Formen. Egal ob Eis zum Schlecken, Eiszapfen, Eiskugeln, Schneebälle, Eisblumen an den Fenstern oder die kleinen Eiskristalle, aus denen der Schnee geformt ist. Der Winter war ihr immer die liebste Jahreszeit. Er war viel stiller und ruhiger als die anderen. Still und ruhig war es auch um Elsa herum. Elsa konnte nämlich nicht gut **h**ören.
Trotzdem war sie sehr **l**ebendig, energiegeladen und wollte immer an die Luft, nach draußen, egal wie scheußlich das Wetter war. Sie mochte die Hüpfburg, die ihr Vater gebaut hatte, laufen, tanzen, **l**ange Kleider, schöne Schuhe, Leopardenmuster, lachen und lernen. Was sie nicht mochte, war, wenn es laut war, wenn sie die anderen nicht verstehen und nicht mitspielen konnte. Dann wurde sie **e**rnst und traurig und zog sich zurück.
In ihrem kleinen Reich gab es einen großen Kleiderschrank, voll mit vielen tollen langen Kleidern. Mit Blümchen, Streifen, Tupfen, kariert, goldfarben, mit und ohne Rüschen, mit und ohne Schleifen, lang und kurzärmlig, alle unglaublich schön. Dann gab es noch eine Kommode, die voll war mit den dazugehörigen Schuhen. Schuhen in allen Farben, matt und glänzend, mit und ohne Absatz, mit und ohne Schleifen. Am besten gefiel ihr alles mit Leopardenmuster. Wenn sie sich verkleidete, dann wurde sie wieder fröhlich und tanzte und lachte durch ihr Reich. Dabei war Elsa aber nie alleine. Sobald sie den Kleiderschrank öffnete, kam der auch unter der Erde lebende Maulwurf Harald und gesellte sich zu ihr. Harald verstand Elsa auch ohne Worte und schmiegte sich an sie, hüpfte mit ihr und verkleidete sich. Harald war sehr weich, hatte schwarzes Fell, konnte super gut graben, war lustig und ein guter Freund. Leider konnte er nicht gut sehen, was er aber auch unter der Erde nicht brauchte. Elsa liebte ihn trotzdem sehr.
Eines Tages benahm sich Harald ganz merkwürdig, er kratzte sich ständig, wälzte sich am Boden, machte bockige Sprünge und drehte sich ständig im Kreis. Elsa beobachtete dieses Treiben eine Weile und kam ihm mit einer Bürste zur Hilfe. Sie striegelte sein Fell und er hielt tatsächlich still. Bis plötzlich Elsa anfing, sich zu kratzen und sich auf dem Boden zu wälzen. Einmal kitzelte und zwickte es am Bauch, dann wieder am Arm, dann am Hals, dann am Rücken und dann im Ohr. Was war das? Es war Flo der Floh. Erst hatte er sich im Fell von Harald versteckt und ihn gebissen und dann war er auf Elsa gehopst und hatte sie gebissen. Die kleinen Bisse fühlten sich wie Kitzeln und Zwicken an.
Elsa war echt hart im Nehmen, aber diese kleinen Angriffe gefielen ihr gar nicht. Flo konnte nicht anders, er war ja schließlich ein Floh und Flöhe beißen nun mal. Keiner hatte ihm beigebracht, wie er anders sein konnte. Als er in Elsas Ohr angekommen war, wollte er sich ein wenig ausruhen und schimpfte vor sich hin, weil niemand ihn leiden konnte. Alle wollten ihn sofort wieder loswerden, kaum war er bei ihnen angekommen. Eigentlich war er auf der Suche nach Freunden, konnte aber keine finden. Er war dabei so laut, dass Elsa plötzlich Geräusche in ihrem Ohr wahrnahm. Das war völlig neu und sie war sehr erstaunt darüber. Sie wusste ja nicht, dass sie einen Floh im Ohr hatte. Harald konnte das Geschimpfe zwar hören, aber ihn nicht sehen. Er fragte ganz vorsichtig: „Wer bist du?“ „Ich bin Flo, und wer und wo bist du?“ „Ich bin Harald und bin hier unter dem Bett von Elsa.“
„Wer ist Elsa?“, fragte Flo. „Elsa wohnt hier und ich bin ihr Freund“, sagte Harald und erzählte ihm alles über Elsa, was sie mochte und was nicht, was sie gut konnte und was sie nicht gut konnte

und alles über ihre Freundschaft. Flo war ganz still und bewegte sich nicht und merkte erst dann, dass er im Ohr von Elsa saß und kam auf eine Idee. Flo war nämlich ein Erfinder und erfand ganz verrückte Sachen, z.B. Floh-Weitsprung-Maschinen, Zauberapparate, Verkleide- und Verschwinde-Maschinen und vieles mehr. Er hüpfte zurück in seine Flohburg und baute und werkelte den ganzen Tag. Elsa war hingegen froh, den lästigen Gast los zu sein und verwirrt über die Geräusche, die sie noch nie gehört hatte. Es war echt anstrengend für sie gewesen. Dabei war ihr größter Wunsch, hören zu können, sprechen und erzählen zu lernen und verstanden zu werden.

Ihr Wunsch sollte bald erfüllt werden. Flo kam mit einer außergewöhnlichen Maschine zurück. Ganz vorsichtig klettere er wieder in Elsas Ohr und baute diese Maschine dort ein. Es war eine Hörmaschine aus kleinen Lautsprechern, mit der Elsa alles hören konnte. Zuerst installierte er die Maschine auf dem einen Ohr und dann auf dem anderen. Flo hatte sich in der Zwischenzeit bei Elsa vorgestellt und sie war einverstanden mit dem ungewöhnlichen Experiment. Überglücklich war sie, als sie alles verstehen konnte, sie lernte die Worte und ihre Bedeutungen und auch die Worte zu benutzen und sich mit den anderen zu unterhalten. Für Harald baute Flo noch eine Sehmaschine. Elsa und Harald waren so begeistert, dass sie Flo mit seiner ungewöhnlichen Gabe unbedingt zum Freund haben wollten. Die Flohbisse ertrugen sie mit Geduld. Die drei waren von nun an unzertrennlich.

Anhang

S Sternenzelt
A Augen
B Bär
I Ihre Aufgabe
N Netz
E Ehre

B Bär/Bambus
R Riesenhai/Rochen
U Untergang der Titanic/U-Boot
N Nasenaffe/Nessi
O Otter/Organistan (Land in dem organisch gesprochen wird)

H Hund/Hase
E Esel/Elefant
N Nase/Nudeln
N Null/Nilpferd
I Iglu/Indianer
N Nest/Nein
G Gabel/gelb

L lockig/Lokführer
E Eiswürfelesser/Entropievergrößerer
O Oberbefehlshaber

I intelligent/Igel
N nobel/Nashorn
G gesund/Giraffe
A Äffchen/Affe/Alligator

L lustig/lachen/Lerche
E empfindsam/enorm groß
N Nordamerika/neugierig
Z zweggerd/zäpfchenlos

C Creme/Chamäleon
O Oma/Opa
N neun/Ninjago
S Seife/Schlange
T Toast/Tür
A Apfel/Ast
N null/Nacht
T Tag/Taucher
I Insel/Igel
N nett/niesen

H Hummeln (im Arsch)/hoppelt
E explosiv/eifrig
N Nagetier/Nesthäkchen
R Rabauke/reaktionsschnell
I Insomnie/interessiert

J Joghurt/Jause
A Affe/Alm
N Nadel/Nerz
N Netz/neu
E Elixier/Efeu

M Maus/Mama
A Amsel/Ameise
R Reh/Roller
L Löwe/Leo
E Esel/Emma
E Ente/Elefant
N Nele/Nitfert (Nilpferd)

O Opa/Otter
S Suma/Schlange
K Kamel/Karl
A Amsel/Ananas
R Reh/Roller

M Mähdrescher/Mond
O Onkel/okay
R Rutschbahn/rumalbern
I Insekt/Igel
T Turm/Triceratops (Dino mit 3 Hörnern)
Z Zebra/zwei

M Monat/Mobile
A Augen/Arm
R reden/rosa
L Liebe/lachen
E Engel/Energie
N Nacht/Nase
E eincremen/erwachen

M Mariana/Mama
A Apfel/Ameise
R Rabe/rot
I Igel/Insel
A Affe/Antenne
N Nase/Nashorn
A Ananas/Anker

S selbstbewusst
O Opa Lothar
P Prinzessin
H herausfordernd
I intelligent
E Eigensinn

A Affe
N Nilpferd
T Tor
O Oma
N Notfall

M Max/Martha (Kindergartenschwarm und Cousine)
A Amelie/August (Tante und ihr Geburtsmonat)
J Johannes /Januar (Onkel und Geburtsmonat von Opa Wolfgang)
A Anna/Altkirchen (Lieblingspuppe und das Dorf, wo ihre beiden Cousinen wohnen)

M Maja/März (Cousine und deren Geburtsmonat)
A Anika/Andi (Tante und Onkel)
R Rehe/Rosa (auf ihrer Zimmertapete und Farbe, die ihr besonders gut steht)
T Trage/Tiere (sie wird viel von Mama und Papa am Bauch herumgetragen und Tiere des Waldes sind auf ihrer Zimmertapete)
H Hanni/Hallstadt (Kosename der Oma und Wohnort der beiden Cousinen)
A Augenstern/Altkirchen (sie ist der Augenstern von Mama und Papa und wohnt im Dorf)

L Lego
E Elefant
O Ofen
N Ninja
A Armbrust
R Rabe
D Drache

L Lama/lustig
I Internet/Ines/Idee
V Violett/Vertrauen
I Ingwer/Italien
A Ananas/Ausflug

P Pfau/Peppa Wutz (Lieblingstier und Lieblingscomicserie)
A Apfelsaft/Anika (Lieblingsgetränk und Name einer ihrer Tanten)
U Unbedingt (Feststellung nach jedem zweiten Satz)
L Lara/Lissy (Name einer ihrer Tanten und Name des Hundes von Opa)
I Indianerzelt/Igel (steht in ihrem Kinderzimmer, auf ihrer Zimmertapete)
N Nele/Nutella (Name einer ihrer Cousinen und Lieblingssüßigkeit)
E Eva/Eisenbahn (Name einer ihrer Tanten und Lieblingsspielzeug)

Anhang

A Alabaster/attraktiv/Ameise
L Liebes/leicht/laut/lächeln/liebt Mozart und Vivaldi
V Vogel/verdutzt/verwegen/viel
A Apfel/aktiv/Anfang/Artist

S Sonnenblume
E Einhorn
R Rewe
A Apfel
F Frechdachs
I Igel
N Nein
A Affenalarm

J Jogginghose/Jaguar
U liebt unglaublich schnelle Tiere
L lieber Bruder/lustige Freunde die auch Quatsch machen/Lloyd Ninyago
I interessiert/in sich vertieft beim Spielen
U Ungeheuer/Drachen und Ritter/unter der Decke kuscheln mit Mama
S spielen/Schlangen/Schwerter/Spiderman/sehr sozial/spürt wenn es jemandem nicht gut geht oder wie sich jemand fühlt/sensibel/Schulkind – ab Herbst 2022 – hoffentlich ist die Schule spannend

E Einhorn
M Malen
I Iglu
L Lila
Y Yakari

N Nimmersatt/November (Nele hat immer Hunger und Geburtsmonat von Martha)
E Eva/Esel (Name von Mama und Kuscheltier)
L Lara/Lieb (Name einer ihrer Tanten und ihr Familienname)
E Entspannt/Entdecken (entspannt und gelassen, entdeckt die Welt)

H hören/hört nur über kleine Lautsprecher hinter den Ohren/Hüpfburg/hart im nehmen
E endlich sprechen/erzählen/verstanden werden/Eis/Eisblumen
L lebendig/lernen/Leo-Muster/lange Kleider/liebt schöne Schuhe
L laufen/lachen/liebt tanzen/laut/will immer an die Luft nach draußen
E energiegeladen/echt anstrengend/Elsa Eisprinzessin (sie wird ernst und traurig, wenn sie nicht mitspielen kann, zieht sich zurück, wenn es laut wird weil sie nichts versteht)